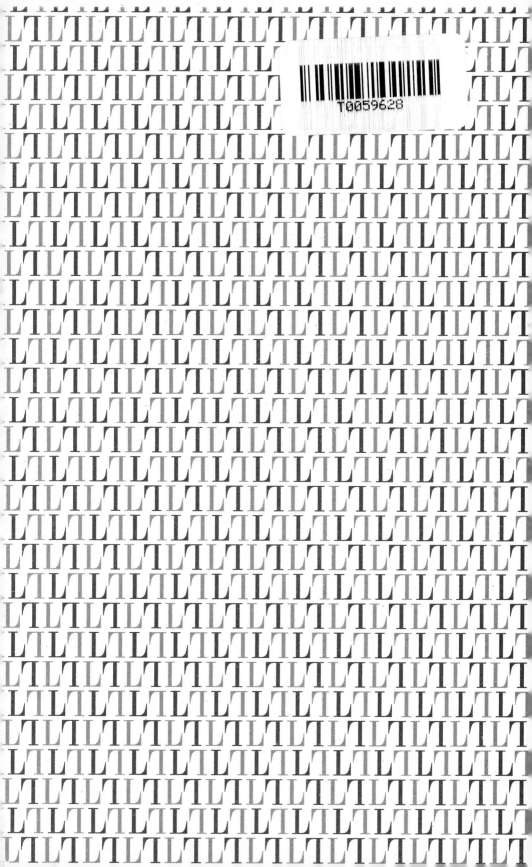

T0059628

Las dos amigas
(un recitativo)

Las dos amigas (un recitativo)

Toni Morrison

Epílogo de
Zadie Smith

Traducción del inglés de
Carlos Mayor Ortega

Lumen

narrativa

Papel certificado por el Forest Stewardship Council®

Penguin
Random House
Grupo Editorial

Título original: *Recitatif*

Primera edición: junio de 2023

© 1983, Toni Morrison
© 2022, Zadie Smith, por el epílogo
© 2023, Penguin Random House Grupo Editorial, S. A. U.
Travessera de Gràcia, 47-49. 08021 Barcelona
© 2023, Carlos Mayor Ortega, por la traducción

Printed in Spain – Impreso en España

ISBN: 978-84-264-2461-7
Depósito legal: B-7888-2023

Compuesto en M. I. Maquetación, S. L.
Impreso en Unigraf, S. L., Móstoles (Madrid)

H 4 2 4 6 1 7

Las dos amigas
(un recitativo)

Mi madre se pasaba la noche bailando y la de Roberta estaba enferma. Por eso nos mandaron a Saint Bonny's. La gente, cuando se entera de que has estado en un centro de acogida, quiere darte un abrazo, pero en realidad no fue tan terrible. No dormíamos en una sala enorme y alargada con cien camas, como en el hospital de Bellevue. Éramos cuatro por habitación y, cuando llegamos Roberta y yo, había escasez de niñas tuteladas por el Estado, así que fuimos las dos únicas a las que metieron en la 406 y, si queríamos, podíamos pasar de una cama a otra. Y queríamos, vaya si queríamos. Nos cambiábamos de cama todas las noches y a lo largo de los cuatro meses que pasamos allí no llegamos a elegir una en concreto.

La historia no empezó así. Cuando entré y la Alelada de Remate nos presentó, se me revolvió el estómago. Una cosa era que me hubieran sacado de la cama de madrugada y otra muy distinta que me hubieran soltado en un sitio que no conocía de nada con una niña de una raza completamente distinta. Y Mary, o sea, mi madre, tenía razón. De vez en cuando dejaba de bailar el tiempo suficiente para decirme algo importante, y una de las cosas que me decía era que esa gente no se lavaba el pelo y olía raro. Roberta, desde luego, sí. Sí que olía raro, quiero decir. Y, así, cuando la Alelada de Remate (nadie la llamaba nunca «señora Itkin», igual que nadie decía «Saint Bonaventure») fue y dijo: «Twyla, esta es Roberta. Roberta, esta es Twyla. Haced lo posible por ayudaros», le contesté:

—A mi madre no le hará gracia que me meta aquí.

—Estupendo —dijo la Alelada—. A ver si así viene a buscarte.

Eso sí que era ser mala. Si Roberta se hubiera reído, la habría matado, pero no se rio. Se fue hasta la ventana y se quedó allí, dándonos la espalda.

—Vuélvete —le dijo la Alelada—. No seas maleducada. A ver, Twyla. Roberta. Cuando oigáis un timbre muy fuerte, es que llaman para cenar. Se sirve en la planta baja. Nada de riñas si no queréis quedaros sin película. —Y entonces, para asegurarse de que sabíamos lo que nos perderíamos, añadió—: *El mago de Oz.*

Roberta debió de entender que lo que yo quería decir era que mi madre se enfadaría porque me habían metido en el centro de acogida, no porque compartiera habitación con ella, ya que en cuanto se fue la Alelada se me acercó y me preguntó:

—¿Tu madre también está enferma?

—No. Es que le gusta pasarse la noche bailando.

—Ah.

Asintió con la cabeza y me gustó que entendiera las cosas a la primera, así que por el momento no me importó que, allí plantadas, pareciéramos la sal y la pimienta, que fue como empezaron a llamarnos a veces las demás. Teníamos ocho años y siempre lo suspendíamos todo. Yo porque no conseguía acordarme de lo que leía o de lo que decía la maestra. Y Roberta porque sencillamente no sabía leer y ni siquiera prestaba atención en clase. No se le daba bien nada, excepto jugar a las tabas, para eso era un fenómeno: pam recoger pam recoger pam recoger.

Al principio no nos caímos demasiado bien, pero nadie más quería jugar con nosotras porque no éramos huérfanas de verdad con unos padres estupendos muertos y en el cielo. A nosotras nos habían dado la patada. Ni siquiera las puertorriqueñas de Nueva York ni las indias del norte del estado nos hacían caso. Allí dentro había niñas de todas clases, negras, blancas, incluso dos coreanas. La comida era buena, eso sí. O al menos a mí me gustaba. A Roberta le repugnaba y se dejaba pedazos enteros en el plato: fiambre de lata, filete ruso, incluso macedonia de frutas en gelatina, y le daba igual que me acabara lo que ella no quería. Para Mary, la cena consistía en palomitas de maíz y un batido de chocolate industrial. A mí, un puré de patatas caliente con dos salchichas de Frankfurt me parecía algo digno del día de Acción de Gracias.

Saint Bonny's no estaba tan mal, la verdad. Las mayores del primer piso nos mangoneaban un poco. Pero nada más. Llevaban pintalabios y lápiz de cejas, y meneaban las rodillas mientras veían la tele. Quince años, dieciséis incluso, tenían algunas. Eran chicas repudiadas, la mayoría se habían escapado de casa muy asustadas. Unas pobres niñas que habían tenido que quitarse de encima a algún tío suyo, pero que a nosotras nos parecían duras de pelar y también malas. Dios mío, qué malas parecían. El personal trataba de mantenerlas apartadas de las pequeñas, pero a veces nos pillaban mirándolas en el huerto, donde ponían la radio y bailaban unas con otras. Nos perseguían y nos tiraban del pelo o nos retorcían un brazo. Nos daban miedo, a Roberta y a mí, pero ninguna de las dos quería que la otra se enterase, así que nos buscamos una buena lista de insultos que gritarles mientras huíamos de ellas por el huerto. Yo soñaba mucho y casi siempre salía el huerto. Una hectárea, quizá una y media, de manzanos pequeñitos. Centenares de manzanos. Pelados y retorcidos como mendigas cuando llegué a Saint Bonny's, pero cargadísimos de flores cuando me marché. No sé por qué soñaba tanto con aquel huerto. La verdad es que allí no pasaba nada. Nada demasiado importante, quiero decir. Las mayores bailaban y ponían la radio y ya está. Roberta y yo mirábamos. Una vez, Maggie se cayó en el huerto. La señora de la cocina, que tenía las piernas como unos paréntesis. Y las mayores se rieron de ella. Deberíamos haberla ayudado a levantarse, ya lo sé, pero aquellas chicas con pintalabios y lápiz de cejas nos daban miedo. Maggie no hablaba. Las niñas decían que le habían cortado la lengua, pero yo supongo que era cosa de nacimiento: sería muda. Era mayor, tenía la piel morena y trabajaba en la cocina. No sé si era simpática o no. Lo único que recuerdo son aquellas piernas como paréntesis y que se balanceaba al andar. Trabajaba desde primera hora de la mañana hasta las dos, y si se retrasaba, si tenía mucho que fregar y no salía hasta las dos y cuarto o así, acortaba por el huerto para no perder el autobús y tener que esperar otra hora. Llevaba un gorrito de lo más idiota (un gorro infantil con orejeras) y no era mucho más alta que nosotras. Un gorrito horroroso. Por mucho que fuera muda, lo suyo era ridículo: iba vestida como una niña y nunca decía nada de nada.

—Pero ¿y si alguien intenta matarla? —Yo me preguntaba esas cosas—. ¿O si quiere llorar? ¿Puede llorar?

—Claro —me dijo Roberta—, pero solo le salen lágrimas. No hace ningún ruido.

—¿Puede gritar?

—Qué va. Para nada.

—¿Y oye?

—Supongo.

—Vamos a llamarla —propuse.

Y la llamamos:

—¡Eh, muda! ¡Eh, muda!

Nunca volvía la cabeza.

—¡La de las piernas arqueadas! ¡La de las piernas arqueadas!

Nada. Seguía andando, contoneándose, mientras las cuerdecitas laterales del gorro de niño se balanceaban de un lado a otro. Creo que nos equivocábamos. Creo que oía perfectamente, pero disimulaba. Y todavía hoy me da vergüenza pensar que en realidad allí dentro había alguien que no era insignificante y que nos oía insultarla de aquella forma y no podía delatarnos.

Roberta y yo nos llevábamos bastante bien. Nos cambiábamos de cama todas las noches, suspendíamos Educación Cívica, Comunicación y Gimnasia. La Alelada decía que la decepcionábamos. De las ciento treinta niñas tuteladas por el Estado, noventa teníamos menos de doce años. Casi todas eran huérfanas de verdad con unos padres estupendos muertos y en el cielo. Nosotras éramos las únicas a las que les habían dado la patada y las únicas que suspendían tres asignaturas, incluida Gimnasia. Así que nos llevábamos bien, por eso y porque ella se dejaba trozos enteros de comida en el plato y además tenía el detalle de no preguntar nada.

Creo que el día antes de que se cayera Maggie fue cuando nos enteramos de que nuestras madres iban a ir a vernos aquel mismo domingo. Llevábamos veintiocho días en el centro de acogida (Roberta veintiocho y medio) y era su primera visita. Iban a llegar a las diez, a tiempo para ir a la capilla, y luego comerían con nosotras en la sala de profesores. Me pareció que a mi madre la bailarina le vendría bien conocer a su madre la enferma. Y a Roberta le pareció que su madre la enferma se lo pasaría de fábula con una madre bailarina. Nos entusiasmamos y nos pusimos a rizarnos el pelo la una a la otra. Después de desayunar nos sentamos en la cama a mirar la carretera por la ventana. Roberta aún tenía los calcetines húmedos. Los había lavado la noche antes y los había dejado encima del radiador para que se secaran. No había funcionado, pero se los había puesto igual porque llevaban un remate precioso festoneado de rosa. Las dos teníamos una cesta de cartulina violeta que habíamos hecho en clase de Manualidades. En la mía había un conejo dibujado con ceras amarillas. En la de Roberta, unos huevos con líneas onduladas de colores. En la hierba de dentro, hecha de celofán, solo quedaban las gominolas, porque yo me había comido los dos huevos de Pascua de malvavisco que nos habían dado. La Alelada de Remate fue a buscarnos en persona. Nos dijo con una gran sonrisa que estábamos muy guapas y que bajáramos. Aquella sonrisa, que no le había visto nunca, nos sorprendió tanto que ninguna de las dos nos movimos.

—¿No os apetece ver a vuestras mamás?

Yo me levanté primero y tiré todas las gominolas por el suelo. La sonrisa de la Alelada desapareció y nos agachamos a recoger las golosinas para volver a ponerlas en la hierba.

Nos acompañó a la planta baja, donde las demás niñas estaban haciendo cola para entrar en fila india en la capilla. A un lado había un montón de gente mayor. Casi todos habían ido a mirar. Las viejas urracas que buscaban criadas y los maricones que buscaban compañía e iban a ver a quién adoptar. De vez en cuando alguna abuela. Casi nunca nadie joven, nadie que no tuviera una cara que diera miedo de noche. Porque, si alguna de las huérfanas de verdad hubiera tenido parientes jóvenes, no habrían sido huérfanas de verdad. Vi a Mary al momento. Llevaba aquellos pantalones de pinzas verdes que me daban rabia y que aún me dieron más rabia en aquel momento: ¿no se había enterado de que íbamos a ir a la capilla? Y aquella chaqueta de piel con el forro de los bolsillos tan raído que tenía que pegar un tirón para sacar las manos. Claro que estaba guapa, como siempre, y sonreía y saludaba con la mano como si la niña pequeña que buscaba a su madre fuera ella y no yo.

Avancé despacito, tratando de que no se me cayeran las gominolas y rogando para que el asa de cartulina aguantara. Había tenido que utilizar mi último chicle, porque, cuando por fin había acabado de recortarlo todo, ya no quedaba cola. Soy zurda y las tijeras nunca se me han dado bien. Claro que en realidad dio igual; podría haberme quedado el chicle para mascarlo. Mary se arrodilló de golpe, me agarró y entonces aplastó la cesta, las gominolas y la hierba, que se hundieron en su chaqueta de piel andrajosa.

—Twyla, cariñín. ¡Twyla, cariñín!

Me dieron ganas de matarla. Ya oía decir a las mayores «¡Twyyyla, cariñín!» la próxima vez que me vieran por el huerto. Aunque en aquel momento no podía enfadarme con Mary, que era toda sonrisas y me abrazaba y olía a polvos secantes Lady Esther. Me daban ganas de quedarme todo el día metida en aquella piel.

La verdad es que me olvidé de Roberta. Mary y yo nos pusimos a la cola para entrar en la capilla y me sentí orgullosa, porque estaba guapísima a pesar de llevar aquellos pantalones verdes tan feos que le hacían mucho culo. Una madre guapa en la tierra es mejor que una madre estupenda muerta y en el cielo, por mucho que te deje sola para irse a bailar.

Noté que me tocaban el hombro, me volví y vi a Roberta sonriendo. Yo también le sonreí, aunque no demasiado, no fuera a creerse alguien que aquella visita era lo mejor que me había pasado en la vida.

—Mamá, quiero presentarte a mi compañera de habitación, Twyla —dijo entonces Roberta—. Y esta es su madre.

Levanté la vista lo que me pareció una barbaridad. Era grande. Más grande que cualquier hombre, y en el pecho llevaba la cruz más enorme que había visto nunca. Juro que cada brazo debía de medir quince centímetros. Y en la fosa del codo llevaba la biblia más grande de la historia.

Mary, simplona como siempre, sonrió de oreja a oreja y trató de sacar la mano del bolsillo del forro raído. Para ofrecérsela, supongo. La madre de Roberta bajó la vista para mirarnos primero a mí y luego a Mary. No dijo nada, se limitó a agarrar a su hija con la mano en la que no llevaba la biblia y a salir de la cola para irse a toda prisa hacia el final. Mary seguía sonriendo porque le cuesta bastante pillar lo que pasa a su alrededor. Y de pronto se le enciende una bombilla en la cabeza y suelta, muy alto y cuando ya casi estamos en la capilla:

—¡Será guarra!

La música del órgano gemía; los Ángeles de Saint Bonny's cantaban melodiosamente. El mundo entero se volvió a mirar. Y Mary habría seguido dale que te pego, y no habría dejado de gritar insultos, si no llego a apretarle la mano con todas mis fuerzas. Eso sirvió de algo, pero aun así no paró de retorcerse y de cruzar y descruzar las piernas durante todo el oficio. Incluso gruñó un par de veces. ¿Cómo podía haberme imaginado que llegaría y se comportaría como una persona normal? Iba con pantalones. No llevaba sombrero, como las abuelas y la gente que había ido a mirar, y no dejaba de gruñir. Cuando nos levantábamos para cantar los himnos no abría la boca. Ni siquiera miraba el texto. Si hasta abrió el bolso para buscar un espejo y verse el pintalabios. Yo lo único que pensaba era que había que matarla como fuera. El sermón duró una eternidad y no me cabía la menor duda de que las huérfanas de verdad volvían a poner cara de estar encantadas de haberse conocido.

Tendríamos que haber comido en la sala de profesores, pero Mary no había llevado nada, así que quitamos el pelo de la chaqueta y la hierba de celofán de las gominolas aplastadas y nos las comimos. Me daban ganas de matarla. Miré de reojo a Roberta. Su madre había llevado muslos de pollo y bocadillos de jamón y naranjas y una caja entera de galletas integrales bañadas en chocolate. Roberta bebía leche de un termo mientras su madre le leía la Biblia.

La vida no es justa. La comida que no toca siempre es para la gente que no toca. A lo mejor por eso luego me puse a trabajar de camarera, para darle la comida que toca a la gente que toca. Roberta dejó los muslos de pollo allí, sin más, pero es verdad que luego me llevó un montón de galletas, cuando acabó la visita. Creo que le daba pena que su madre no le hubiera dado la mano a la mía. Y eso me gustó, y también me gustó que no dijera nada sobre los gruñidos de Mary durante todo el oficio y que no mencionara que no había llevado nada de comer.

En mayo, cuando los manzanos estaban blancos y bien cargados, Roberta se marchó. El último día fuimos al huerto a ver a las mayores fumar y bailar la música de la radio. Daba igual que dijeran «Twyyyla, cariñín».

Nos sentamos en el suelo y respiramos. Lady Esther. Flores de manzano. Me sigo emocionando cuando huelo una de esas dos cosas. Roberta volvía a casa. La cruz enorme y la biblia enorme iban a ir a recogerla y parecía que estaba contenta, pero no del todo. Yo me imaginaba que sin ella me moriría en aquel cuarto con cuatro camas y sabía que la Alelada tenía pensado meter allí conmigo a alguna otra niña a la que le hubieran dado la patada. Roberta me prometió que me escribiría todos los días, lo cual fue un detalle, porque no sabía leer ni una coma, así que no podía escribirle nada a nadie. Yo le habría hecho dibujos y se los habría mandado, pero no me dio su dirección. Poco a poco, ella se fue diluyendo. El remate festoneado de rosa de sus calcetines húmedos y aquellos ojos grandes y serios: eso era todo lo que me venía a la cabeza cuando trataba de imaginármela.

Yo trabajaba detrás de la barra del Howard Johnson's de la autopista, justo antes de la salida de Kingston.

No era mal sitio. Me tocaba conducir un buen rato desde Newburgh, pero una vez allí me sentía a gusto. Hacía el segundo turno de noche, de las once a las siete. Muy tranquilo hasta que hacia las seis y media paraba a desayunar un Greyhound. A esa hora el sol ya había salido del todo por las montañas que había detrás del restaurante. El local tenía mejor aspecto de noche, daba más impresión de refugio, pero cuando empezaba a clarear me encantaba, aunque el sol revelara todas las grietas de la polipiel y el suelo moteado pareciera sucio por mucho que se esforzara el chico que lo fregaba.

Era agosto y el autobús empezaba a descargar pasajeros. Se quedaban de pie un buen rato: iban al servicio y miraban los recuerdos y las máquinas que vendían baratijas; les costaba sentarse nada más entrar. Incluso comer. Me había puesto a llenar las cafeteras y a colocarlas todas en las placas eléctricas cuando la vi. Se había sentado a una mesa de bancos corridos y estaba fumándose un cigarrillo con dos tíos melenudos y barbudos. Tenía el pelo tan voluminoso y tan enmarañado que casi ni le veía la cara. Pero los ojos... Los habría reconocido en cualquier lado. Llevaba un conjunto azul cielo de blusa de cuello *halter* y pantalones cortos, y unos pendientes que podrían haber sido pulseras. Me acordé del pintalabios y el lápiz de cejas. A su lado, las chicas mayores de Saint Bonny's parecían monjas. No podía apartarme de la barra hasta las siete, pero iba mirando su mesa de reojo por si se levantaban antes. Mi sustituta llegó puntual, para variar, así que sumé y apilé las cuentas a toda pastilla y cerré el turno. Me fui hacia las mesas, sonriente, sin saber si se acordaría de mí. O si querría acordarse de mí. Quizá no le apetecía que le recordaran Saint Bonny's ni que nadie se enterase siquiera de que había pasado por allí. Yo, desde luego, nunca se lo contaba a nadie.

Me metí las manos en los bolsillos del delantal y me apoyé en el respaldo del banco de la mesa que había delante.

—¿Roberta? ¿Roberta Fisk?

Levantó la vista.

—¿Sí?

—Twyla.

Entrecerró los ojos un momento y luego dijo:

—Ostras.

—¿Te acuerdas de mí?

—Claro. Uf. Ostras.

—Ha pasado bastante tiempo —dije, y les sonreí a los dos melenudos.

—Sí. Ostras. ¿Trabajas aquí?

—Sí —contesté—. Vivo en Newburgh.

—¿En Newburgh? ¿En serio?

Entonces soltó una carcajada de complicidad que incluyó a aquellos dos tíos y solo a aquellos dos tíos, que se rieron con ella. ¿Qué iba a hacer yo sino echarme a reír también, mientras me preguntaba qué hacía allí plantada enseñando las rodillas por debajo del uniforme? Aun sin mirar, alcanzaba a verme el triángulo azul y blanco de la cabeza, el pelo embutido en una redecilla, los tobillos gruesos por encima de los zapatos blancos de cordones. No podía haber nada menos fino que mis medias. Justo después de que me riera se hizo el silencio. Un silencio que le tocaba llenar a ella. Quizá presentándome a sus amigos o invitándome a sentarme y tomarme una Coca-Cola. En lugar de eso, encendió un cigarrillo con la colilla del anterior y dijo:

—Nos vamos a la costa. Este tiene una cita con Hendrix.

Señaló con un gesto vago al chico que tenía al lado.

—¿A Hendrix? Fantástico —respondí—. Fantástico de verdad. ¿Está contenta? ¿Cómo le va?

Roberta tosió a media calada y los otros dos miraron al techo.

—Hendrix. Jimi Hendrix, imbécil. Si es el mejor... Ay, ostras. Da igual.

Me habían despachado sin que nadie llegara a despedirse, así que me animé a hacerlo por ella.

—¿Qué tal está tu madre? —pregunté.

Una sonrisa le cubrió la cara de oreja a oreja. Tragó saliva.

—Bien —dijo—. ¿Y la tuya?

—Guapísima —contesté, y me di la vuelta.

Tenía la parte de atrás de las rodillas mojada. Desde luego, aquel Howard Johnson's era un antro a la luz del día.

Estar con James es igual de cómodo que ponerse unas zapatillas. A él gustaba mi forma de cocinar y a mí su familia numerosa y alborotadora. Llevan toda la vida viviendo en Newburgh y hablan de la ciudad como habla la gente que siempre ha tenido una casa donde vivir. La edad de su abuela está tan cerca de la de su padre que solo los separa un balanceo del columpio del porche, y al hablar de las calles y las avenidas y los edificios emplean nombres que ya no existen. Al supermercado A&P lo llaman aún «la tienda de Rico», porque lo construyeron donde antes estaba el comercio familiar de un tal señor Rico. Y cuando se refieren a la nueva universidad pública todavía dicen que es «el ayuntamiento», porque en tiempos estuvo allí. Mi suegra prepara tarros de mermelada y de pepinillos, y compra la mantequilla envuelta en un paño en la lechería. James y su padre hablan de pesca y de béisbol y los veo a todos juntos por el Hudson a bordo de un esquife tronado. Ahora la mitad de la población de Newburgh vive de los subsidios públicos, pero para la familia de mi marido sigue siendo una especie de paraíso del estado de Nueva York sacado de una época remota. De cuando las fábricas de hielo y las carretas de verdura, de estufas de carbón y niños ocupados en arrancar las malas hierbas de los jardines. Cuando nació nuestro hijo, mi suegra me regaló la mantita de cuna que le ponían a ella de pequeña.

Pero la ciudad que recordaban había cambiado. Se respiraba una atmósfera de aceleración. Se estaban comprando y renovando casas antiguas espléndidas que, de tan destartaladas, habían acabado convirtiéndose en refugio de okupas y eran difíciles de alquilar. Gente elegante que trabajaba para IBM abandonaba los barrios residenciales para volver al centro, instalar postigos y plantar hierbas aromáticas en el jardín. En el buzón apareció un folleto que anunciaba la apertura de un Food Emporium. Decía que vendían delicatessen e incluía una lista de artículos que a los ejecutivos ricos de IBM les interesarían. Estaba en un nuevo centro comercial de las afueras y un día cogí el coche para ir a comprar algo, más que nada para verlo. Fue a finales de junio. Cuando ya no había tulipanes y las rosas Reina Isabel se habían abierto por todas partes. Empujé el carrito por el pasillo y fui echando dentro ostras ahumadas, salsa Robert y cosas que sabía perfectamente que se quedarían en la despensa durante años. Luego encontré los helados Klondike y ya me sentí menos culpable por gastarme el sueldo de bombero de James tan a lo loco. Mi suegro se los comía con el mismo entusiasmo que el pequeño Joseph.

Mientras hacía cola en la caja oí una voz que gritó:

—¡Twyla!

La música clásica que sonaba en los pasillos me había afectado y la mujer que se inclinó hacia mí iba hecha un pincel. Con diamantes en la mano y un vestido blanco de verano muy elegante.

—Soy la señora Benson —dije.

—Ja, ja. La Alelada de Remate —canturreó ella.

Tardé una décima de segundo en entender a qué se refería. Llevaba un racimo de espárragos y dos briks de agua mineral de una marca cara.

—¡Roberta!

—La misma.

—Santo cielo. Roberta.

—Estás estupenda —dijo.

—Tú también. ¿Dónde vives? ¿Aquí? ¿En Newburgh?

—Sí. Aquí al lado, en Annandale.

Estaba abriendo la boca para decir algo más cuando la cajera me llamó, porque me tocaba.

—Nos vemos fuera.

Roberta señaló la salida y se puso en la cola exprés.

Lo dejé todo en la cinta e hice un esfuerzo por no volverme para observar a Roberta. Me acordé del Howard Johnson's y de que había esperado una oportunidad para decirle algo, pero al final me había soltado un miserable «ostras» a modo de saludo. No, me esperaba fuera. Llevaba toda aquella pelambrera alisada, pegada al contorno de una cabecita bien formada. Los zapatos, el vestido, todo precioso, veraniego y caro. Me moría de ganas de saber qué había sido de ella, cómo había pasado de Jimi Hendrix a Annandale, una zona llena de médicos y ejecutivos de IBM. «Le habrá sido fácil», pensé. «A esa gente todo le resulta muy fácil. Se creen que el mundo es suyo».

—¿Cuánto hace? —le pregunté—. ¿Cuánto tiempo llevas aquí?

—Un año. Me casé con un hombre que vive aquí. ¿Y tú? También estás casada, ¿no? Has dicho «Benson».

—Sí. James Benson.

—¿Y es majo?

—Ah, que si es majo.

—¿Qué? ¿Sí o no?

Los ojos de Roberta me miraban fijamente, como si lo preguntara en serio y exigiera una respuesta.

—Es maravilloso, Roberta. Maravilloso.

—Así que eres feliz.

—Mucho.

—Me alegro —dijo, asintiendo—. Siempre he tenido la esperanza de que fueras feliz. ¿Y tienes hijos? Seguro que sí.

—Uno. Un chico. ¿Y tú?

—Cuatro.

—¿Cuatro?

Se echó a reír.

—Hijastros. Es viudo.

—Ah.

—¿Tienes un momento? Vamos a tomarnos un café.

Pensé en los Klondikes que se estaban derritiendo y en que me tocaba ir hasta donde tenía el coche para meter las bolsas en el maletero. Me lo merecía por haber comprado todas aquellas cosas que no necesitaba. Roberta se me adelantó.

—Mét15elo en mi coche. Está aquí al lado.

Y entonces vi la limusina azul oscuro.

—¿Te has casado con un chino?

—No —dijo, con una carcajada—. Es el chófer.

—Vaya, vaya. Si te viera la Alelada de Remate...

Nos reímos las dos. Con ganas. En un instante, los últimos veinte años desaparecieron y todo volvió de golpe y porrazo. Las mayores (a las que llamábamos «las Gárgaras», que era lo que había entendido Roberta cuando en clase de Educación Cívica nos habían hablado de unas caras de piedra que parecían muy malas) y sus bailes en el huerto, el puré de patatas grumoso, las salchichas a pares, el fiambre de lata con piña. Entramos en la cafetería cogidas del brazo y me puse a pensar en por qué nos alegrábamos de vernos aquella vez y no la anterior. Un día, hacía doce años, nos habíamos cruzado como si no nos conociéramos de nada. Una chica negra y otra blanca que se habían encontrado en un Howard Johnson's de carretera y no tenían nada que decirse. Una con un gorro de camarera triangular azul y blanco, la otra de camino a ver a Hendrix. Y de repente nos comportábamos como dos hermanas que llevaban muchísimo tiempo separadas. Aquellos cuatro meses tan breves eran un periodo insignificante. Quizá fuera por el hecho en sí. Haber estado allí, juntas. Dos niñas pequeñas que sabían lo que no sabía nadie más en todo el mundo: que no había que hacer preguntas. Que había que creer en lo que había que creer. En esa reticencia había buenos modales y además generosidad. ¿Tu madre también está enferma? No. Es que le gusta pasarse la noche bailando. Ah. Y un asentimiento de comprensión.

Nos sentamos a una mesa con bancos corridos, al lado de la luna, y nos lanzamos a recordar como veteranas.

—¿Al final aprendiste a leer?

—Mira. —Cogió la carta—. Plato del día. Crema de maíz. Segundos. Dos puntitos y una raya ondulada. Quiche. Ensalada del chef, vieiras...

Cuando se acercó la camarera, yo estaba riendo y aplaudiendo.

—¿Te acuerdas de las cestas de Pascua?

—¿Y de cuando intentamos presentarlas?

—Tu madre con aquella cruz que era como dos postes telefónicos.

—Y la tuya con aquellos pantalones apretados.

Soltamos tales carcajadas que la gente se volvió y nos costó aún más contener la risa.

—¿Qué fue del chico con el que ibas a ver a Jimi Hendrix?

Roberta juntó los labios y silbó.

—Cuando murió me acordé de ti —dije.

—Ah, ¿acabaste enterándote de quién era?

—Pues sí. A ver, que era una camarera de pueblo.

—Y yo, una rebelde de pueblo. ¡Qué mal estábamos, por Dios! Aún no sé cómo salí viva de todo aquello.

—Pero saliste.

—Salí. Desde luego que salí. Ahora soy la señora de Kenneth Norton.

—Parece impresionante.

—Pues sí.

—¿Y tenéis servicio y tal?

Roberta levantó dos dedos.

—¡Toma ya! ¿Y él a qué se dedica?

—A los ordenadores y esas historias. No tengo mucha idea, la verdad.

—Hay muchísimas cosas que no recuerdo de aquella época, pero, Dios mío, lo de Saint Bonny's lo tengo claro como si hubiera pasado ayer. ¿Te acuerdas de Maggie? ¿Del día que se cayó y las Gárgaras se rieron de ella?

Roberta levantó la vista de la ensalada y se quedó mirándome.

—Maggie no se cayó.

—Sí, mujer. Tienes que acordarte.

—No, Twyla. La empujaron. Aquellas chicas la empujaron y le desgarraron la ropa. En el huerto.

—No me... Lo que pasó no fue eso.

—Pues claro que sí. En el huerto. ¿Te acuerdas del susto que nos llevamos?

—A ver, un momento. No recuerdo nada de eso.

—Y a la Alelada la despidieron.

—Estás loca. Si seguía allí cuando me fui... Tú te marchaste antes que yo.

—Volví. Cuando echaron a la Alelada tú no estabas.

—¿Qué?

—Dos veces. La primera me pasé un año allí cuando tenía unos diez, y luego dos meses cuando tenía catorce. Entonces fue cuando me escapé.

—¿Te escapaste de Saint Bonny's?

—No tuve más remedio. ¿Qué querías? ¿Que me pusiera a bailar en el huerto?

—¿De lo de Maggie estás segura?

—Claro que estoy segura. Tú lo has reprimido, Twyla. Fue así. Aquellas chicas se portaban fatal, desde luego.

—Fatal es poco. Pero ¿por qué no me acuerdo de lo de Maggie?

—Te lo digo yo. Fue así. Y nosotras estábamos delante.

—¿Con quién compartiste habitación cuando volviste? —pregunté, como si fuera a conocerla. Lo de Maggie me inquietaba.

—Con unas asquerosas. Por la noche se hacían cosquillas.

Me picaban las orejas y de repente tenía ganas de irme a casa. Aquello estaba muy bien, pero Roberta no podía peinarse y lavarse la cara, así, sin más, y comportarse como si todo fuera de perlas. Después del desplante del Howard Johnson's. Y sin disculparse. Nada.

—Aquel día en el Howard Johnson's, ¿ibas fumada o qué?

Lo pregunté intentando aparentar más simpatía de la que sentía realmente.

—Puede, un poco. Nunca llegué a drogarme mucho. ¿Por qué?

—No sé; te comportaste casi como si no quisieras saber nada de mí.

—Ay, Twyla, ya sabes cómo eran las cosas en aquella época: negros y blancos. Ya sabes lo que era aquello.

No, no lo sabía. Creía que pasaba justo lo contrario. En el Howard Johnson's entraban autobuses enteros de negros y blancos mezclados. En aquella época viajaban juntos: estudiantes, músicos, parejas, manifestantes. En el Howard Johnson's se veía de todo y por entonces los negros tenían muy buena relación con los blancos. Pero sentada allí, sin nada en el plato más que dos gajos de tomate duro, pensando en los Klondikes que se derretían, darle vueltas a aquel desaire parecía una chiquillada. Volvimos a su coche y, con la ayuda del chófer, metimos la compra en mi ranchera.

—Esta vez vamos a mantener el contacto —dijo Roberta.

—Claro —contesté—. Claro. Llámame.

—Sí —dijo, y entonces, cuando ya me estaba sentando al volante, asomó la cabeza por la ventanilla—. Por cierto. Tu madre. ¿Dejó de bailar?

Negué con la cabeza.

—No. Para nada.

Roberta asintió.

—¿Y la tuya? ¿Se puso bien?

Esbozó una sonrisilla triste.

—No. Para nada. En fin, llámame, ¿vale?

—Vale —respondí, aunque sabía que no lo haría.

De algún modo, Roberta me había revuelto el pasado con aquella historia de Maggie. Una cosa así no se me podía haber olvidado. ¿O sí?

Aquel otoño el conflicto nos tocó de cerca. Al menos así lo llamaba el periódico. Conflicto. Conflicto racial. Esa palabra me hacía pensar en un pájaro, un pájaro enorme surgido hacía mil millones de años antes de Cristo que no dejaba de graznar. Que agitaba las alas mientras chillaba. Con un ojo sin párpado siempre clavado en ti. Chillaba durante todo el día y por la noche dormía en los tejados. Te despertaba por la mañana y desde que ponías *The Today Show* hasta que daban las noticias de las once te hacía compañía, una compañía terrible. No entendía nada de lo que pasaba de un día para otro. Sabía que en teoría me tocaba sentirme muy implicada, pero no sabía cómo, y James no me servía de ayuda. Joseph estaba en la lista de niños que iban a trasladar a otro centro de secundaria, en su caso a otro que nos caía lejísimos, pero al principio me pareció bien hasta que me dijeron que no, que era mala idea. Quiero decir que no sabía muy bien lo que pasaba. A mí todos los colegios me parecían horrorosos y el hecho de que uno tuviera mejor pinta no cambiaba gran cosa. Pero los periódicos solo hablaban de eso y al final los chavales empezaron a ponerse nerviosos. Y todavía era agosto. Ni siquiera habían empezado las clases. Me imaginé que a Joseph le causaría mucha impresión ir a aquel colegio, pero no parecía asustado, así que me olvidé del tema, hasta que un día por casualidad iba con el coche por Hudson Street, pasé por el colegio en el que pretendían aplicar la integración racial y vi una hilera de mujeres que se manifestaban. ¿Y quién resultó que estaba allí metida, en carne y hueso, sosteniendo una pancarta más grande que la cruz de su madre? Decía: ¡LAS MADRES TIENEN DERECHOS!

Pasé de largo, pero luego cambié de idea. Di la vuelta a la manzana, frené y toqué el claxon.

Roberta se volvió y al verme me saludó con la mano. No le devolví el saludo, pero tampoco me moví. Ella le dio su pancarta a una compañera y se acercó hasta donde me había parado.

—Hola.

—¿Qué haces?

—Manifestarme. ¿A ti qué te parece que hago?

—¿Para qué?

—¿Cómo que para qué? Han decidido coger a mis hijos y obligarlos a ir a otro barrio. Los niños no quieren.

—Pero ¿qué pasa porque vayan a otro colegio? Al mío también le va a tocar ir en autobús y no me molesta. ¿A ti qué más te da?

—Esto no tiene nada que ver con nosotras, Twyla. Contigo y conmigo. Lo importante son los niños.

—¿Qué va a tener más que ver con nosotras que nuestros hijos?

—En fin, estamos en un país libre.

—Todavía no, pero lo estaremos.

—¿Qué demonios quiere decir eso? Yo a ti no te hago nada.

—¿Tú crees? ¿De verdad?

—No lo creo. Lo sé.

—A saber por qué me imaginaba que no eras como los demás.

—A saber por qué me imaginaba que no eras como los demás.

—Míralas —dije—. Míralas, anda. ¿Quién se han creído que son? Lo invaden todo como si mandaran. Y ahora se creen que pueden decidir dónde va a estudiar mi hijo. Míralas, Roberta. Están aleladas.

Roberta se volvió y miró a aquellas mujeres. Casi todas se habían quedado quietas, a la expectativa. Algunas incluso se nos iban acercando. Roberta se volvió hacia mí como si tuviera un frigorífico detrás de los ojos.

—No, no es verdad. Son madres y punto.

—¿Y yo qué soy? ¿Una loncha de queso?

—De niña te rizaba el pelo.

—No soportaba que me lo tocaras.

Las mujeres avanzaban. Debían de creer que teníamos cara de pocos amigos, claro, y daba la impresión de que se morían de ganas de lanzarse delante de un coche de policía o, mejor aún, de meterse dentro del mío y sacarme a rastras por los tobillos. No tardaron en rodear el coche y poco a poco, muy poco a poco, empezaron a sacudirlo. Me balanceaba de un lado a otro como un yoyó impulsado en sentido horizontal. Alargué la mano hacia Roberta instintivamente, como cuando de pequeñas, en el huerto, se daban cuenta de que las mirábamos y teníamos que salir por piernas, y si una de las dos se caía la otra la ayudaba a levantarse, y si a una la atrapaban la otra se quedaba para dar patadas y arañazos, y nunca nos dejábamos tiradas. Saqué el brazo por la ventanilla como movido por un resorte, pero no hubo ninguna mano que lo recibiera. Roberta miraba cómo me balanceaba de un lado a otro dentro del coche sin cambiar de expresión. El bolso resbaló del asiento y fue a caer debajo del salpicadero. Los cuatro policías que estaban bebiéndose un Tab en un coche patrulla reaccionaron por fin y se acercaron sin prisa, abriéndose paso entre las mujeres. En voz baja, pero con firmeza, dijeron:

—Vamos, señoras. Vuelvan a donde estaban o váyanse a casa.

Algunas se apartaron por las buenas; a otras tuvieron que insistirles para que soltaran las puertas y el capó. Roberta no se movió. Tenía los ojos clavados en mí. A todo eso, yo intentaba arrancar el motor con torpeza, pero no lo conseguía porque la palanca se había quedado en posición de avance. Los asientos del coche estaban muy revueltos, con las sacudidas los cupones de descuento del supermercado habían acabado por todas partes y el bolso estaba tirado en el suelo.

—Puede que yo haya cambiado, Twyla. Pero tú no. Eres la misma cría tutelada por el Estado que le dio de patadas a una pobre señora mayor negra caída en el suelo. Pateaste a una señora negra y te atreves a tratarme de fanática.

Los cupones estaban desparramados y el contenido del bolso tirado debajo del salpicadero. ¿Qué había dicho? ¿Negra? Maggie no era negra.

—No era negra —le dije.

—¡Anda que no! Y le diste de patadas. Las dos, tú y yo. Le diste de patadas a una señora negra que ni siquiera podía chillar.

—¡Mentirosa!

—¡La mentirosa eres tú! ¿Por qué no te vas a tu casita y nos dejas en paz, eh?

Se dio la vuelta y yo derrapé al apartarme del bordillo.

A la mañana siguiente me metí en el garaje y recorté un lado de la caja de cartón del televisor portátil. Era demasiado pequeña, pero al poco rato ya tenía una pancarta bastante decente: letras pintadas con espray rojo sobre un fondo blanco que decían ¡LOS NIÑOS TAMBIÉN! Mi idea era simplemente ir al colegio y colgarla en alguna parte para que la vieran las cerdas que se manifestaban en la acera de enfrente, pero cuando llegué ya se habían congregado unas diez mujeres para protestar contra las cerdas en cuestión. Con sus permisos policiales y todo. Me planté allí con ellas y nos pusimos a desfilar de una punta a otra mientras, enfrente, el grupo de Roberta hacía lo mismo. Aquel primer día estuvimos todas muy dignas, como si las otras no existieran. Al día siguiente ya hubo insultos y peinetas. Pero la cosa no pasó a mayores. La gente cambiaba la pancarta de vez en cuando, pero Roberta no. Y yo tampoco. En realidad, mi mensaje no tenía sentido sin el suyo.

—«Los niños también» ¿qué? —me preguntó una de las mujeres de mi lado de la calle.

—También tienen derechos —le dije, como si fuera evidente.

Roberta no mostró reacción alguna ante mi presencia y al final acabé pensando que quizá no se había enterado de que estaba allí. Empecé a marcar el ritmo, primero dándoles codazos a las demás y luego quedándome rezagada, para que Roberta y yo llegáramos al final de nuestras respectivas filas al mismo tiempo y así al volvernos hubiera un momento en el que quedáramos cara a cara. A pesar de todo, no tenía claro si me veía ni si sabía que mi pancarta iba dirigida a ella. Al día siguiente fui temprano, antes de la hora prevista. Esperé a que llegara Roberta antes de mostrar mi nueva creación. En cuanto ella levantó su ¡LAS MADRES TIENEN DERECHOS!, yo me puse a agitar mi nueva pancarta, que decía ¿Y TÚ QUÉ VAS A SABER? Esa estoy segura de que la vio, pero aquello para mí se había vuelto una adicción. Mis pancartas eran cada día más estrafalarias y las mujeres de mi lado de la calle decidieron que estaba chalada. No eran capaces de interpretar mis mensajes ocurrentes y chillones.

Llevé una pancarta pintada de rojo imperial con unas letras negras enormes que decía: ¿TU MADRE SE ENCUENTRA BIEN? Roberta se fue a comer y ya no volvió por la tarde ni nunca más. Al cabo de dos días yo también dejé de ir, y seguro que nadie me echó de menos, porque, total, no entendían mis pancartas.

Fueron seis semanas turbulentas. Se suspendieron las clases y Joseph no llegó a ir al colegio, a ninguno, hasta octubre. Los niños, los de todo el mundo, no tardaron en cansarse de aquellas vacaciones prolongadas que creían que iban a ser tan estupendas. Se dedicaron a ver la tele hasta que se les pusieron los ojos como platos. Yo dediqué un par de mañanas a repasar las lecciones con mi hijo, que era lo que decían las demás madres que había que hacer. Dos veces abrí un libro del curso anterior que Joseph no había devuelto. Dos veces me bostezó en la cara. Otras madres montaban grupos de estudio en alguna casa para que los chavales no se quedaran atrás. Ninguno era capaz de concentrarse, así que volvieron a dedicarse a ver *El precio justo* y *La tribu de los Brady*. Cuando por fin abrió el colegio, hubo peleas en una o dos ocasiones, y de vez en cuando se oían sirenas por la calle. Llegaron muchos fotógrafos de Albany. Y, justo cuando la ABC estaba a punto de mandar un equipo de reporteros, los chavales se tranquilizaron como si no hubiera pasado nada de nada. Joseph colgó mi pancarta de ¿Y TÚ QUÉ VAS A SABER? en su cuarto. No sé qué pasó con la de ¡LOS NIÑOS TAMBIÉN! Creo que mi suegro la utilizó en un momento dado para limpiar el pescado. Se pasaba el día trasteando en nuestro garaje. Sus cinco hijos vivían en Newburgh y se comportaba como si tuviera cinco casas más.

Cuando Joseph terminó la secundaria, no pude evitar buscar a Roberta en la ceremonia de graduación, pero no la vi. Lo que me había dicho en el coche no me agobiaba demasiado. Lo de las patadas. Sabía que no lo había hecho, que era incapaz. Pero me intrigaba que me hubiera dicho que Maggie era negra. Me ponía a pensarlo y, en realidad, no acaba de estar segura. No era negra como el carbón, eso seguro, porque entonces me habría acordado. Lo que sí recordaba era lo del gorrito de niño y lo de las piernas en semicírculo. Dediqué mucho tiempo a tratar de no sentirme culpable por el asunto racial, hasta que me di cuenta de que tenía la verdad delante de las narices y Roberta la conocía. Yo no le había dado patadas; no me había puesto a patear a aquella mujer con las Gárgaras, pero ganas sí que había tenido. Nos habíamos quedado mirando sin intentar ayudarla en ningún momento y sin pedir ayuda. Maggie era mi madre y sus bailes. Sorda, me parecía a mí, y muda. Insignificante. Insignificante si te ponías a llorar por la noche. Insignificante si esperabas que te dijera algo importante que pudiera servirte. Se contoneaba, bailaba, se balanceaba al andar. Y cuando las Gárgaras la tiraron al suelo y se pusieron a apalearla, yo sabía que no iba a gritar, que no podía, lo mismo que yo, y me alegré.

Decidimos no poner el árbol porque íbamos a celebrar la Navidad en casa de mi suegra y era una tontería decorar dos. Joseph había empezado a estudiar en la universidad pública de New Paltz y habíamos dicho que teníamos que apretarnos el cinturón. Pero a última hora cambié de opinión. Tampoco tenía por qué ser un drama. Así que me lancé a recorrer el centro en busca de un abeto, pequeño pero voluminoso. Cuando por fin encontré un sitio estaba nevando y era muy tarde. Me puse a darle vueltas a lo que iba a comprar como si fuera la decisión más importante del mundo y el vendedor se hartó de mí. Al final elegí uno y me lo ataron al maletero del coche. Me fui conduciendo despacio, porque aún no habían salido los camiones que echaban arena y la calzada podía ser peligrosísima al principio de una nevada. En las calles del centro, que eran anchas, no había casi nadie, excepto un grupo de gente que salía del Newburgh Hotel. El único hotel de toda la ciudad que no estaba hecho de cartón y plexiglás. Sería alguna fiesta. Los hombres apiñados en la nieve iban de frac y las mujeres con pieles. Debajo de los abrigos destellaban cosas relucientes. Me cansaba solo con mirarlas. Me cansaba, me cansaba, me cansaba. En la siguiente esquina había una cafetería pequeña con guirnaldas y más guirnaldas de campanas de papel en el cristal. Aparqué y entré. Solo quería un café, pasar veinte minutos de paz y tranquilidad antes de volver a casa para tratar de acabarlo todo a tiempo antes de Nochebuena.

—¿Twyla?

Allí estaba. Con un vestido de noche plateado y un abrigo de piel negro. Iba con un hombre y otra mujer:

él rebuscaba en los bolsillos monedas para la máquina de tabaco y ella tarareaba algo y repiqueteaba en la barra con las uñas. Parecían todos algo borrachos.

—Vaya. Eres tú.

—¿Cómo estás?

Me encogí de hombros.

—Bastante bien. Rendida. Es lo que tiene la Navidad.

—¿Solo? —preguntó la camarera desde el mostrador.

—Vale —dijo Roberta, y a continuación añadió—: Esperadme en el coche.

Se sentó a mi lado en el banco corrido.

—Tengo que contarte una cosa, Twyla. Me había prometido decírtelo si volvía a verte.

—La verdad es que preferiría no saber nada, Roberta. Ahora ya da igual.

—No —respondió—. No me refiero a eso.

—No tardes —dijo la mujer, y salió con dos cafés solos para llevar, acompañada por el hombre, que iba abriendo el paquete de tabaco.

—Es por lo de Saint Bonny's y Maggie.

—Ay, por favor.

—Escúchame. Estaba convencida de que era negra, de verdad. No me lo había inventado. Estaba segura. Pero ahora no sé. Lo que recuerdo es que era vieja, muy vieja. Y, como no hablaba, bueno, pues eso, creía que estaba loca. Se había criado en un centro de acogida, como mi madre y como me imaginaba que me tocaría a mí. Y tenías razón tú. No le dimos patadas. Fueron las Gárgaras. Solo las Gárgaras. Pero, bueno, ganas no me faltaban. Tenía muchas ganas de que le hicieran daño. Te dije que tú y yo también la habíamos pateado, pero no, eso no es verdad. Y no quiero que vayas cargando con eso. Lo que pasa es que sí que quería patearla, me moría de ganas. Y quererlo es hacerlo.

Tenía los ojos llorosos por lo que había bebido, supongo. A mí me pasa, desde luego. Una copa de vino y me pongo a sollozar por cualquier tontería.

—Éramos unas crías, Roberta.

—Sí. Sí. Ya lo sé, unas crías.

—Ocho años.

—Ocho años.

—Y estábamos solas.

—Y además teníamos miedo. —Se limpió las mejillas con el dorso de la mano y sonrió—. Bueno, eso es todo lo que quería decirte.

Asentí y no fui capaz de encontrar algo con lo que llenar el silencio que se creó en la cafetería, se coló entre las campanas de papel y salió a la nieve. Ahora estaba cayendo a base de bien. Decidí que era mejor esperar a que los camiones echaran la arena antes de volver a casa.

—Gracias, Roberta.

—De nada.

—No te lo había dicho, pero mi madre no dejó de bailar.

—Sí. Me lo habías dicho. Y la mía no se puso bien. —Roberta levantó las manos de la mesa y se tapó la cara con las palmas. Cuando las apartó estaba llorando de verdad—. Ay, mierda, Twyla. Mierda, mierda, mierda. ¿Qué demonios le pasó a Maggie?

Epílogo

Alguien que no era insignificante

Zadie Smith

En 1980, Toni Morrison se sentó a escribir el que sería su único relato, *Las dos amigas (un recitativo)*. El
hecho de que exista un solo relato de Morrison, uno
y no más, parece estar en consonancia con su produc-
ción. La autora no tiene textos improvisados ni «ensayos esporádicos», ni novelas de relleno, no daba pa-
los de ciego, no se desviaba de su camino. Escribió
once novelas y un relato, todo ello con unos propósitos e intenciones concretos. Es difícil sobrestimar lo
insólito de esa situación. La mayoría de los escritores
trabajan, al menos en parte, a tientas: subconsciente-
mente, a trompicones, avanzan de forma caótica, en
ocasiones toman atajos, con frecuencia llegan a calle-
jones sin salida. Morrison no. Tal vez el peso de la
responsabilidad que sentía sobre sus hombros no se
lo permitía. Leer en su último libro, *La fuente de la
autoestima*, la autocrítica de sus propias novelas, con
un afán de detalle asombroso, es observar a una téc-
nica de laboratorio literario hacer ingeniería inversa

con un experimento, y esa mezcla de forma poética y método científico de Morrison es lo que resulta, en mi opinión, tan único. Sin duda, eso convierte todo ejercicio de lectura atenta de su obra en algo sumamente gratificante, porque se tiene la gran certeza (página a página, frase a frase) de que no se ha dejado nada al azar, empezando por la intención primigenia. En el caso de *Las dos amigas*, la autora fue explícita. Esta historia extraordinaria que tiene entre las manos se concibió de manera expresa como «un experimento que trataba de suprimir todos los códigos raciales de una narración sobre dos personajes de distinta raza para quienes la identidad racial resulta crucial».*

Los personajes en cuestión son Twyla y Roberta, dos niñas pobres de ocho años tuteladas por el Estado que pasan cuatro meses juntas en el centro de acogida de Saint Bonaventure. Lo primero que descubrimos sobre ellas, gracias a Twyla, es lo siguiente: «Mi madre se pasaba la noche bailando y la de Roberta

---

* Toni Morrison, prefacio de *Playing in the Dark. Whiteness and the Literary Imagination*, Nueva York, Vintage Books, 1993, p. XI. [Hay trad. cast.: *Jugando en la oscuridad. El punto de vista blanco en la imaginación literaria*, traducción de Pilar Vázquez, Guadarrama, Ediciones del Oriente y del Mediterráneo, 2019, p. 16].

estaba enferma». Un poco después nos enteramos de que las pusieron juntas, en la habitación 406, y de que Twyla sentía que la habían «soltado en un sitio que no conocía de nada con una niña de una raza completamente distinta». Lo que nunca llegamos a saber a ciencia cierta, por mucha atención que pongamos en la lectura, es cuál de las dos es negra y cuál blanca. Nos lo imaginamos, podemos porfiar, pero no tenemos forma de estar seguros. Y ello a pesar de que las vemos crecer y llegar a ser dos adultas cuyos caminos se cruzan de vez en cuando. Aguzamos el oído cuando hablan, examinamos su ropa, oímos hablar de sus respectivos maridos, de su trabajo, de sus hijos, de su vida... El detalle crucial se nos oculta. La historia es un rompecabezas, pues; un juego. Aunque, claro, Toni Morrison no juega. Cuando afirmaba que *Las dos amigas* era «un experimento», lo decía en serio. Y el objeto de ese experimento es el lector.

De todos modos, antes de seguir adentrándonos en el ingenioso entramado de este acertijo filosófico,* el subtítulo del cuento merece un análisis pormenoriza-

* No tengo ni idea de si Morrison llegó a leer al filósofo John Rawls, pero la coincidencia entre la premisa de *Las dos amigas* y la estructura del «velo de ignorancia» de Rawls es interesante.

do. Según el diccionario, el recitativo es una declamación musical habitual en los fragmentos narrativos y dialogados de las óperas y los oratorios, cantada al ritmo del habla común y con muchas palabras en una misma nota: *cantar en recitativo*. Y también hace referencia al tono o el ritmo distintivos de una forma de hablar concreta.

La música de Morrison empieza con «el habla común». La autora tenía un oído muy fino y el rescate de ciertos rasgos lingüísticos afroamericanos de la corrupción de la cultura dominante estadounidense es una característica que define sus primeras obras. En cambio, en este relato el reto de plasmar «el habla común» se complica deliberadamente, puesto que aquí muchas palabras tienen que cantarse «en una misma nota»; esto es, oímos las palabras de Twyla y las de Roberta, pero, a pesar de que la una y la otra se distinguen con claridad, no somos capaces de diferenciarlas del único modo que de verdad nos interesa. Es un experimento fácil de imaginar, pero difícil de ejecutar. Para lograr que algo así funcione, había que escribir de forma que todas las frases se situaran de manera escrupulosa en la frontera entre el habla característica «negra» y el habla característica «blanca» de Estados Unidos, lo cual suponía andar por la cuerda floja en un país de lo más observador, siempre muy atento a los códigos raciales y tendente a la categorización, un país en el que la mayor parte de la gente se considera capaz de distinguir a un hablante negro o blanco con los ojos cerrados, precisamente por el tono y el ritmo «distintivos» de su forma de hablar...

Dejando a un lado el aspecto lingüístico, en un sistema racializado existen cosas de todo tipo que se consideran «distintivas» de una clase de persona u otra. Lo que come un personaje, la música que le gusta, el lugar donde vive, su forma de trabajar. Cosas negras, cosas blancas. Cosas distintivas de nuestra gente y distintivas de la suya. Y una de las preguntas que plantea el relato es precisamente qué quiere decir en realidad que algo sea «distintivo» de alguien. Y es que, sin darnos cuenta, tendemos a emplear ese adjetivo de modos muy variados. Puede referirse a:

Lo que caracteriza algo o a alguien.
Lo que pertenece en exclusiva a algo o a alguien.
Lo que constituye una cualidad esencial de algo o de alguien.

Son tres acepciones diversas. La primera apunta a una tendencia; la segunda insinúa algún tipo de posesión; la tercera alude a esencias y, por consiguiente, a leyes naturales inmutables. En este relato, esas diferencias resultan cruciales, como veremos.

Gran parte de la fuerza hipnótica de *Las dos amigas* reside en esa primera definición de lo «distintivo»: lo que caracteriza algo o a alguien. Como lectores, deseamos encarecidamente tipificar las diversas características que tenemos delante. Pero ¿cómo? «Mi madre se pasaba la noche bailando y la de Roberta estaba enferma». Bueno, ¿qué clase de madre suele pasarse la noche bailando? ¿Una negra o una blanca? ¿Y cuál de las dos es más probable que esté enferma? ¿Es Roberta un nombre más negro que Twyla? ¿O al revés? ¿Y qué hay de la voz? Twyla narra la historia en primera persona, de modo que podemos tener la impresión lógica de que tiene que ser, de las dos, la niña negra, ya que su creadora es negra. Sin embargo, no cuesta mucho poner en tela de juicio ese «tiene que» para comprender que se basa en un concepto autobiográfico bastante superficial de la autoría que parecería del todo indigno del complejo experimento que se nos plantea. Por otro lado, Morrison no fue una niña pobre tutelada por el Estado (se crio en un entorno claramente de clase media de Lorain, una localidad no segregada de Ohio) y la autobiografía nunca fue un factor muy presente en su obra. Tenía una imaginación muy vasta. No, en este caso la autobiografía no nos llevará muy lejos. Así pues, escuchemos con algo más de atención a Twyla:

Y Mary, o sea, mi madre, tenía razón. De vez en cuando dejaba de bailar el tiempo suficiente para decirme algo importante, y una de las cosas que me decía era que esa gente no se lavaba el pelo y olía raro. Roberta, desde luego, sí. Sí que olía raro, quiero decir. Y, así, cuando la Alelada de Remate (nadie la llamaba nunca «señora Itkin», igual que nadie decía «Saint Bonaventure») fue y dijo: «Twyla, esta es Roberta. Roberta, esta es Twyla. Haced lo posible por ayudaros», le contesté:

—A mi madre no le hará gracia que me meta aquí.

El juego está en marcha. Morrison soslaya todo detalle que pueda aludir a una «cualidad esencial de algo o de alguien», evita arteramente cuanto pudiera pertenecer «en exclusiva» a una de las niñas o a las otra y, por el contrario, nos obliga a permanecer en ese mundo cargante y engañoso de «lo que caracteriza algo o a alguien», en el que Twyla parece pasar en un instante de negra a blanca y otra vez a negra, según la naturaleza de la percepción del lector. Como aquel vestido de internet sobre cuyo color nadie conseguía ponerse de acuerdo...

Al leer *Las dos amigas* en clase, hay un momento en el que los alumnos se incomodan ante su propio afán de zanjar la cuestión, tal vez porque la mayoría de los intentos de darle respuesta suelen revelar más del lector que del personaje.* Por ejemplo: a Twyla le encanta la comida de Saint Bonaventure y Roberta no la soporta. (Lo que les dan de comer es fiambre de lata, filete ruso o macedonia de frutas en gelatina). ¿Es Twyla negra? Para su madre, una cena consiste en «palomitas de maíz y un batido de chocolate industrial». ¿Es Twyla blanca?

Su madre tiene el siguiente aspecto:

> Llevaba aquellos pantalones de pinzas verdes que me daban rabia [...]. Y aquella chaqueta de piel con el forro de los bolsillos tan raído que tenía que pegar un tirón para sacar las manos. [...] [Pero] estaba guapísima a pesar de llevar aquellos pantalones verdes tan feos que le hacían mucho culo.

Y la de Roberta este otro:

> Era grande. Más grande que cualquier hombre, y en el pecho llevaba la cruz más enorme que había visto nunca. Juro que cada brazo debía de medir quince centímetros. Y en la fosa del codo llevaba la biblia más grande de la historia.

---

* En «Black Writing, White Reading. Race and the Politics of Feminist Interpretation», la crítica literaria Elizabeth Abel asegura que la mayor parte de los lectores blancos supone que Twyla es blanca, mientras que la mayor parte de los negros supone que es negra.

¿Eso nos sirve de algo? Podría parecernos que el rompecabezas se resuelve ese domingo en que las dos madres van a visitar a sus hijas y la de Roberta se niega a darle la mano a la de Twyla, pero al cabo de un momento, si lo pensamos bien, nos damos cuenta de que el hecho de que una madre negra beata, íntegra y enfermiza se niegue a estrechar la mano de una madre blanca inmoral, juerguista, vulgar y aficionada al baile es igual de probable que en el caso contrario... Para complicar más las cosas, da la impresión de que, a pesar de sus diferencias fundamentales, dentro de los confines de Saint Bonaventure Twyla y Roberta comparten una misma posición social inferior. O al menos así lo entiende Twyla:

> Al principio no nos caímos demasiado bien, pero nadie más quería jugar con nosotras porque no éramos huérfanas de verdad con unos padres estupendos muertos y en el cielo. A nosotras nos habían dado la patada. Ni siquiera las puertorriqueñas de Nueva York ni las indias del norte del estado nos hacían caso.

Llegados a ese punto, es posible que muchos lectores empiecen a desesperarse un poco por recuperar precisamente lo que Morrison ha hurtado de forma deliberada. Y se pongan a mirar con lupa lo que dice la letra pequeña:

Teníamos ocho años y siempre lo suspendíamos todo. Yo porque no conseguía acordarme de lo que leía o de lo que decía la maestra. Y Roberta porque sencillamente no sabía leer y ni siquiera prestaba atención en clase.

¿Qué versión del fracaso escolar es más negra? ¿Qué pobres comen tan mal... o está tan contentos de comer comida de mala calidad? ¿Los pobres negros o los pobres blancos? ¿O ambos?

Como lectores, sabemos que en esas preguntas hay algo impropio, pero somos animales de costumbres. Tenemos que descubrirlo de todas todas. Y, en consecuencia, probamos otra perspectiva. Nos ponemos escrupulosos.

a. Ese domingo, la madre de Twyla no le lleva nada de comer a su hija.
b. Grita «¡Twyla, cariñín!» nada más verla.
c. Es guapa.
d. Huele a polvos secantes Lady Esther.
e. No lleva sombrero en una capilla.
f. Dice «¡Será guarra!» refiriéndose a la madre de Roberta y no para de «retorcerse y de cruzar y descruzar las piernas durante todo el oficio».

Por su parte, la madre de Roberta le lleva mucha comida (que la niña rechaza), pero no le dice una palabra a nadie, aunque sí le lee a su hija pasajes de la Biblia. Ahí se establece una diferenciación muy evidente, y desde luego Twyla se da cuenta de todo:

> La vida no es justa. La comida que no toca siempre es para la gente que no toca. A lo mejor por eso luego me puse a trabajar de camarera, para darle la comida que toca a la gente que toca.

Parece celosa, pero ¿nos indican los vectores del anhelo, el rencor o el deseo quién es quién? ¿Es Twyla una niña negra celosa de una madre blanca que ha llevado más comida? ¿O una niña blanca molesta con una madre negra que se cree demasiado piadosa para dar la mano?

Los niños sienten curiosidad por la justicia. A veces se espantan al toparse con la otra cara de la moneda. Y se dicen: «Esto no está bien». Pero también experimentan con la injusticia, con la crueldad. Para someter la estructura del mundo adulto a una prueba de esfuerzo. Para descubrir cuáles son exactamente sus normas. (No pueden dejar de percatarse de que para muchísimos adultos las cuestiones relativas a la justicia parecen una conjetura molesta). Y al reflexionar sobre un momento de crueldad infantil es cuando Twyla empieza a describir una dualidad completamente distinta. No es la que suele dividir lo negro de lo blanco, sino la que separa a quienes viven dentro del sistema (con independencia de la posición que ocupen en él) de quienes caen fuera, a mucha distancia. Los innombrables. Los parias. Los olvidados. Los insignificantes. Y es que en Saint Bonaventure hay, en realidad, una persona que ocupa una posición inferior a la de Twyla o de Roberta, muy inferior. Se llama Maggie:

La señora de la cocina, que tenía las piernas como unos paréntesis. [...] Maggie no hablaba. Las niñas decían que le habían cortado la lengua, pero yo supongo que era cosa de nacimiento: sería muda. Era mayor, tenía la piel morena y trabajaba en la cocina. No sé si era simpática o no. Lo único que recuerdo son aquellas piernas como paréntesis y que se balanceaba al andar.

Maggie carece de un habla característica. Carece por completo de habla. En una ocasión se cayó en el huerto del colegio, las alumnas mayores se echaron a reír y Twyla y Roberta no hicieron nada. No es una persona por la que se pueda hacer nada: es simplemente alguien de quien mofarse. «Llevaba un gorrito de lo más idiota (un gorro infantil con orejeras) y no era mucho más alta que nosotras». En el sistema social de Saint Bonaventure, Maggie es ajena a todas las jerarquías. Es alguien a quien se le puede decir de todo.

Alguien a quien se le podría hacer de todo. Como a una esclava. Y eso es ser insignificante. Twyla y Roberta, al darse cuenta, sienten un interés infantil por lo que representa ser insignificante:

—Pero ¿y si alguien intenta matarla? —Yo me preguntaba esas cosas—. ¿O si quiere llorar? ¿Puede llorar?

—Claro —me dijo Roberta—, pero solo le salen lágrimas. No hace ningún ruido.

—¿Puede gritar?

—Qué va. Para nada.

—¿Y oye?

—Supongo.

—Vamos a llamarla —propuse.

Y la llamamos:

—¡Eh, muda! ¡Eh, muda!

Nunca volvía la cabeza.

—¡La de las piernas arqueadas! ¡La de las piernas arqueadas!

Nada. Seguía andando, contoneándose, mientras las cuerdecitas laterales del gorro de niño se balanceaban de un lado a otro. Creo que nos equivocábamos. Creo que oía perfectamente, pero disimulaba. Y todavía hoy me da vergüenza pensar que en realidad allí dentro había alguien que no era insignificante y que nos oía insultarla de aquella forma y no podía delatarnos.

El tiempo avanza. Roberta es la primera en marcharse de Saint Bonny's y a los pocos meses Twyla sigue sus pasos. Las niñas crecen y llegan a ser mujeres. Algunos años después, Twyla trabaja de camarera en un restaurante de la cadena Howard Johnson's situado en una carretera del estado de Nueva York cuando, de repente, aparece ni más ni menos que Roberta, justo a tiempo para darnos más pistas raciales que debatir.* En esa época, Roberta tiene el pelo «tan voluminoso y enmarañado» que Twyla casi no le ve la cara. Viste una blusa de cuello *halter* y unos pantalones cortos y se sienta con dos tipos melenudos y barbudos. Parece drogada. Roberta y sus amigos van a ver a Hendrix: ¿habría encajado tan bien algún otro artista en los propósitos de Morrison? Hendrix se caracteriza por tener el pelo voluminoso y enmarañado. ¿Su música es negra o blanca? Lo que usted prefiera. Sea como fuere, Twyla (que, por su parte, lleva el pelo «embutido en una redecilla»)

---

* De todos modos, es posible que al llegar a este punto algún individuo letrado prefiera descansar de la agotadora tarea de la caracterización racial para admirar la elegancia y la mesura con que Morrison presenta las escenas y los estados de ánimo, en este caso la sensación de hacer el turno de noche de un restaurante de carretera: «Muy tranquilo hasta que hacia las seis y media paraba a desayunar un Greyhound. A esa hora el sol ya había salido del todo por las montañas que había detrás del restaurante. El local tenía mejor aspecto de noche, daba más impresión de refugio, pero cuando empezaba a clarear me encantaba, aunque el sol revelara todas las grietas de la polipiel».

no ha oído hablar de él. Y cuando dice que vive en Newburgh, Roberta se echa a reír.

En Estados Unidos, la geografía es un elemento fundamental de los códigos raciales, y Newburgh, a cien kilómetros al norte de Manhattan, supone un claro ejemplo de población estadounidense racializada. Fue en esa ciudad, fundada en 1709, donde Washington anunció el cese de las hostilidades con Gran Bretaña y, por lo tanto, el nacimiento de Estados Unidos como nación, y en el siglo XIX sería una localidad próspera y elegante, con una clase media negra en crecimiento. El auge industrial de la Segunda Guerra Mundial atrajo hasta Newburgh a varias oleadas de migrantes afroamericanos, deseosos de escapar del terrorismo racial del sur del país, que buscaban empleo a cambio de un salario bajo, pero con el final del conflicto las oportunidades laborales desaparecieron y las fábricas se trasladaron más hacia el sur o al extranjero: cuando Morrison escribió *Las dos amigas*, Newburgh era una ciudad deprimida, golpeada por la «huida blanca», desgarrada por la pobreza y la violencia que la acompaña, y con grandes partes del frente fluvial, antaño hermoso, demolidas en nombre de la «renovación urbana». Twyla se ha casado con un hombre de Newburgh, hijo de una familia con profundas raíces en la población, cuya raza se nos invita a descifrar («James y su padre hablan de pesca y de béisbol y los veo a todos juntos por el Hudson a bordo de un esquife tronado»), pero que es sin duda uno de los millones de estadounidenses que en el siglo XX fueron testigos de cómo localidades antaño prósperas acababan mal gestionadas y abandonadas por el Gobierno federal: «Ahora la mitad de la población de Newburgh vive de los subsidios públicos, pero para la familia de mi marido sigue siendo una especie de paraíso del estado de Nueva York sacado de una época remota». Y entonces, una vez que la ciudad está de rodillas, una vez que las casas señoriales han quedado vacías y abandonadas, una vez que el centro se ha convertido en un desierto de locales vacíos y chavales que merodean por las esquinas, llegan los nuevos ricos. Las casas antiguas se reforman. Se inaugura un supermercado de gama alta, un Food Emporium, y es precisamente allí, doce años después de su último encuentro casual, cuando las dos mujeres vuelven a coincidir, pero esta vez todo ha cambiado. Roberta ha sentado la cabeza y se ha casado con un rico:

Los zapatos, el vestido, todo precioso, veraniego y caro. Me moría de ganas de saber qué había sido de ella, cómo había pasado de Jimi Hendrix a Annandale, una zona llena de médicos y ejecutivos de IBM. «Le habrá sido fácil», pensé. «A esa gente todo le resulta muy fácil. Se creen que el mundo es suyo».

Para el lector decidido a resolver el enigma (el lector convencido de que puede o debe resolverse), esa es sin duda la prueba más importante. Todo gira en torno a esas dos palabras: «Esa gente». ¿A quién hacen referencia? ¿A los negros altivos? ¿A los blancos que se creen privilegiados? ¿A los ricos, con independencia del color? ¿A las élites gentrificadoras? Usted decide.

No hace mucho, me encontraba en Annandale, haciendo cola en la oficina de Correos, cuando me puse a observar sin mucho afán la lista de días festivos que colgaba de la pared y me dije que solo hay una fecha del calendario estadounidense que nadie cuestiona: el día de Año Nuevo. En el caso de Twyla y Roberta, sucede lo mismo: todos los elementos de su pasado común se ponen en tela de juicio.

—Ay, Twyla, ya sabes cómo eran las cosas en aquella época: negros y blancos. Ya sabes lo que era aquello.
No, no lo sabía. Creía que pasaba justo lo contrario. [...] En el Howard Johnson's se veía de todo y por entonces los negros tenían muy buena relación con los blancos.

Entre ellas, el factor más cuestionado es Maggie. Ese es su 12 de Octubre, su día de Acción de Gracias. ¿Qué demonios le pasó a Maggie? Al principio de *Las dos amigas*, se nos informa de que es una mujer de piel morena que «se cayó». Años después, Roberta insiste en que las mayores la tiraron al suelo, algo de lo que Twyla no se acuerda. Y más adelante todavía Roberta proclama que Maggie era negra y que Twyla la empujó, lo cual desencadena en esta una crisis epistemológica, porque no recuerda que Maggie fuera negra y ni mucho menos haberla empujado. («Una cosa así no se me podía haber olvidado. ¿O sí?»). Más tarde Roberta asegura que fueron ellas dos quienes empujaron y patearon a aquella «señora negra que ni siquiera podía chillar». Resulta interesante señalar que esa escalada de afirmaciones se produce en un momento de «conflicto racial» generalizado, en la época en que, para evitar la segregación escolar, se traslada a algunos alumnos a otros centros, a los que deben acudir en autobús. Tantos los hijos de Roberta como el de Twyla tienen que ir a un nuevo colegio situado en otro barrio. Y una como madre negra y la otra como madre blanca mantienen posturas inflexibles, cada cual a un lado de una frontera literal: una hilera de manifestantes. El pasado que comparten empieza a deshilacharse y a mutar bajo el peso de una rabia compartida; hasta el más mínimo detalle se reinterpreta. De niñas, les gustaba rizarse el pelo mutuamente. Ahora Twyla rechaza ese punto en común

(«No soportaba que me lo tocaras») y Roberta rechaza toda posibilidad de alianza con ella para decantarse por una identidad grupal compartida con las madres que están en contra de los traslados escolares.*

No puede esperarse que la vinculación personal que tuvieron en su día resista una situación en la que, una vez más, la raza resulta determinante en la esfera social y en uno de los espacios más vulnerables para cualquiera de nosotros: la educación de los hijos. Las sospechas mutuas salen a la superficie. ¿Por qué tengo que confiar en esa persona? ¿Qué intenta arrebatarme? ¿Mi cultura? ¿Mi comunidad? ¿Mis colegios? ¿Mi barrio? ¿Mi vida? Las posturas se afian-

---

* A esas alturas (¡no podía ser de otro modo!), yo ya estaba muy convencida de que Twyla era negra. Detectaba una posible solidaridad de clase en estas palabras: «[M]e pareció bien hasta que me dijeron que no, que era mala idea. Quiero decir que no sabía muy bien lo que pasaba. A mí todos los colegios me parecían horrorosos». Y eso, me decía, es precisamente lo que rechaza Roberta, que prefiere mantener la posición elevada en el escalafón social que le confieren tanto la raza como, desde hace menos tiempo, el dinero. Sin embargo, si Twyla era negra, ¿cómo podía haberse olvidado de que Maggie también lo era? Y así, volvíamos al punto de partida. O incluso a un espacio anterior a ese punto, a un campo paradójico y centelleante situado más allá de lo binario. ¿Podemos imaginarnos que alguna de nuestras luchas en pro de la justicia surgiera de ese lugar?

zan. Nada puede compartirse. Twyla y Roberta empiezan a llevar pancartas cada vez más exageradas en protestas enfrentadas. (Twyla: «Mis pancartas eran cada día más estrafalarias».) Ciento cuarenta caracteres como máximo: es todo lo que puede entrar en una pancarta casera. Las dos mujeres descubren que los ataques personales son lo que mejor funciona. Podría decirse que nunca están más alejadas entre sí que en ese momento de «conflicto racial». También podría decirse que se mueven al unísono, ya que sin la autodefinición que proporciona el binarismo parecen carentes de significado, incluso para sí mismas («En realidad, mi mensaje no tenía sentido sin el suyo»).

Según descubren Twyla y Roberta, nos resulta difícil reconocer la humanidad compartida con tus próximos cuando se niegan a sentarse con nosotros a reevaluar una historia común. A veces oigo decir que esas reevaluaciones obedecen a una «política del resentimiento», como si el deseo de contar la historia en su integridad solo pudiera ser consecuencia del resentimiento personal, y no un paso necesario dado en nombre de la curiosidad, el interés, la comprensión (de uno mismo y de la comunidad) y de la simple justicia. Y hay gente que se lo toma como algo muy personal. En una ocasión no pude contener una sonrisa al leer que, en referencia a la incomodidad que sentía ante los recientes intentos de destapar la historia esclavista que esconden muchas de nuestras magníficas casas de campo, el antiguo director de una revista política de mi país se lamentaba: «Creo que sentirse a gusto es importante. Sé que la gente dice: "Ah, tenemos que sentirnos a disgusto...". ¿Por qué voy a pagar cien libras al año, o lo que sea, para que me digan que soy un cabrón?». ¡Imagínese tener esa concepción de la historia! Creer que es algo dirigido personalmente a uno mismo. Una serie de hechos estructurados para que uno se sienta de una forma u otra, y no el requisito previo de toda nuestra vida.

El largo, sangriento y enmarañado encuentro entre los pueblos europeos y el continente africano forma parte de nuestra historia. De nuestra historia común. Es lo que sucedió. No es el equivalente moral de un partido de fútbol en el que nuestro «bando» gana o pierde. Contar la historia de una antigua casa de campo inglesa mencionando no solo la procedencia de sus hermosos cuadros, sino también la del dinero con el que se compraron (quién sufrió y murió para que se ganara ese dinero), es contar la historia en su integridad, y sin duda debería ser de interés para cualquiera, ya sea negro, blanco o ninguna de las dos cosas. Y debo reconocer que sí empiezo a sentir resentimiento (o, en realidad, a veces algo más parecido a la furia) cuando compruebo que el simple hecho de mencionar esa realidad en voz alta desazona tanto a algunos que prefieren negarla sin más. En aras de unas relaciones pacíficas. Para que sea más fácil olvidarla. Para que sea más fácil pasar página. Mucha gente tiene ese instinto. Twyla y Roberta también quieren olvidar y pasar página. Quieren echarles la culpa a las «Gárgaras», o echársela mutuamente, o a la mala memoria. «Maggie era negra. Maggie era blanca. Le hicieron daño. Fuiste tú». Sin embargo, al final de *Las dos amigas* tanto la una como la otra están preparadas para, cuando menos, tratar de hablar de «qué demonios le pasó a Maggie». Y no por la motivación superficial de la culpa transhistórica, y mucho menos para suscitar una comodidad o una incomodidad personales, sino más bien en pro de la verdad. Sabemos que esa exploración del asunto será dolorosa y complicada, y que muy probablemente nunca llegará a zanjarse del todo, pero también sabemos que un intento bienintencionado es mejor que la otra cara de la moneda; es decir, seguir comportándose como si, en palabras de Twyla, «todo fuera de perlas».

Se hace difícil «pasar página» con respecto a algo que es motivo de sufrimiento cuando ese sufrimiento no se reconoce ni se describe. Los habitantes de Belfast y de Belgrado lo saben, lo mismo que los de Berlín y Banjul (por mencionar solo ciudades que empiezan por B). En la intimidad de nuestras discusiones domésticas también lo sabemos. Es imprescindible que nos escuchen. Anhelarlo es un instinto humano. Si nadie nos escucha, somo insignificantes. «Yo sufrí. Ellos sufrieron. ¡Los míos sufrieron! ¡Los míos siguen sufriendo!». Hay quienes entienden esa categoría de «los míos» del modo más reductivo posible: se refieren únicamente a su familia inmediata. Para otros, ese grito se amplía hasta abarcar una ciudad, un país, un grupo religioso, una supuesta categoría racial, una diáspora. De todos modos, sean cuales sean nuestras lealtades personales, cuando damos la espalda de forma deliberada a cualquier sufrimiento humano transformamos lo que debería ser una frontera porosa entre «los nuestros» y el resto de la humanidad en algo rígido y mortífero. Pedimos que no nos molesten con la historia de seres insignificantes, con el sufrimiento de seres insignificantes. (O con el sufrimiento de seres significantes, si preferimos la inversión jerárquica). Sin embargo, no cabe duda de que lo mínimo que podemos hacer es escuchar lo que le hicieron a alguien... o le siguen haciendo. Es lo mínimo que les debemos a los muertos y a los que han sufrido. Para construir esta casa, para fundar este banco o tu país, alguien sufrió. Maggie sufrió en Saint Bonaventure. ¿Y lo único que se nos pide que es escuchemos la historia? ¿Cómo es posible que nos moleste?*

Twyla tarda un tiempo en superar el resentimiento que siente cuando le ofrecen una nueva versión de un pasado que creía conocer («De algún modo, Roberta me había revuelto el pasado con aquella historia de Maggie. Una cosa así no se me podía haber olvidado. ¿O sí?»), pero al verse obligada a reconsiderar una historia común llega a un entendimiento más profundo de su propia motivación:

> Yo no le había dado patadas; no me había puesto a patear a aquella mujer con las Gárgaras, pero ganas sí que había tenido. Nos habíamos quedado mirando sin intentar ayudarla en ningún momento y sin pedir ayuda. Maggie era mi madre y sus bailes. Sorda, me parecía a

---

* Lo que se teme es que escuchar la historia implique actuar después, y el pánico ante la compensación y las reparaciones suele formularse en términos de «venganza». Pocas veces entendemos que la compensación no es arrebatar algo, sino aportar algo, un enriquecimiento potencial para todos. No obstante, en otros contextos sí parecemos capaces de pensar algo así. Por ejemplo, después de la Segunda Guerra Mundial, la Ley de Reajuste de Militares de Estados Unidos (que era una forma de reparación para un grupo concreto de individuos y que logró ofrecer una educación a miles de ciudadanos de clase trabajadora) fue una fuente de gran riqueza, tanto cultural como económica, no solamente para sus beneficiarios en concreto, sino, a largo plazo, para el país en sí.

mí, y muda. Insignificante. Insignificante si te ponías a llorar por la noche. [...] Y, cuando las Gárgaras la tiraron al suelo y se pusieron a apalearla, yo sabía que no iba a gritar, que no podía, lo mismo que yo, y me alegré.

Unas páginas más adelante, Roberta llega de forma espontánea a una conclusión similar (aunque ahora ya no está segura de si Maggie era en efecto negra o no). El párrafo anterior me parece uno de los más deslumbrantes de toda la obra de Morrison. Por su sutileza psicológica. Por su mezcla de proyección, acción indirecta, autojustificación, placer sádico y trauma personal que identifica como fuerza motivadora en Twyla y que, por extrapolación, nos incita a reconocer en nosotros mismos.

Al igual que Twyla, Morrison quiere que nos avergoncemos por cómo tratamos a los desvalidos, con independencia de que nosotros también nos sintamos desvalidos. Y una de las complejidades éticas de *Las dos amigas* radica en el hecho incómodo de que, incluso cuando Twyla y Roberta discuten para reafirmar su propia identidad (para reafirmar que las dos son «significantes»), al mismo tiempo asignan a otros individuos el papel de insignificantes. Los «maricones que buscaban compañía» de la capilla son para ellas insignificantes, mientras que la discapacidad de Maggie las repele y las obsesiona hasta el punto de que no ven en ella nada más. Sin embargo, toda esa gente sí es alguien significante. Todos somos seres significantes. Ese hecho es nuestra experiencia común, nuestra categoría común: somos seres humanos. Y esa constatación suele emplearse mal o solo a medias, suele utilizarse como motivo de contemplación sentimental o estética, al decir, por ejemplo: «Ah, aunque a simple vista somos muy distintos, ¡cómo nos parecemos debajo de la piel!». Sin embargo, históricamente esa constatación de lo humano (nuestra categoría en común ineludible) también ha tenido una función en la labor de antisegregacionistas, abolicionistas, anticolonialistas, sindicalistas, activistas *queers* o sufragistas, y en el pensamiento de gente como Frantz Fanon, Malcolm X, Stuart Hall, Paul Gilroy o la propia Morrison. Si es humanismo, es radical y lucha por la solidaridad en la alteridad, por la posibilidad y la promesa de unidad en la diferencia. Cuando esto se aplica a cuestiones raciales, cabe reconocer que, si bien la categoría de raza es «real» desde un punto de vista tanto experiencial como estructural, en el fondo carece en sí misma de una realidad absoluta o esencial.*

---

* Como señala Siddhartha Mukherjee en su libro *El gen. Una historia personal*, un porcentaje aplastante de la variedad genética (entre el ochenta y cinco y el noventa por ciento) se da dentro de las llamadas «razas» (esto es, dentro del conjunto de los asiáticos o de los africanos), y no entre unas «razas» y otras. Eso quiere decir que hay más diferencias «raciales» entre un hombre de Nigeria y otro de Namibia que entre un «blanco» y un «negro».

Sin embargo, como es obvio, ninguno de nosotros vive en una realidad absoluta. Llevamos cientos de años metidos en estructuras humanas racializadas de modo deliberado (es decir, ficciones dominantes en lo social y a veces vinculantes en lo legal) que se revelan incapaces de exponer la diferencia y la igualdad al mismo tiempo. Y es de lo más mortificante oír decir que has sufrido por una ficción o, incluso, que has sacado provecho de ella. Ha sido fascinante contemplar la reciente reacción de alarma ante el cuestionamiento de la identidad blanca, el pavor ante el desmantelamiento de una categoría racial falsa que durante siglos ha unido bajo una misma bandera de superioridad racial al rico nacido y criado en Bielorrusia, por poner un ejemplo, y a la pobre nacida y criada en Gales. Claro que el pánico tampoco brilla por su ausencia al otro lado de la oposición binaria. Si la raza es un constructo, ¿qué sucederá con la identidad negra? ¿Podrán sobrevivir categorías como la música y la literatura negras? ¿Qué acabará significando la expresión «alegría negra»? ¿Cómo podemos tirar esas frutas podridas del racismo cuando durante siglos hemos mantenido un vínculo sentimental tan grande con las frutas frescas de la raza y hemos hecho (incluso teniendo en cuenta todos los horrores) tantas cosas hermosas con ellas?

Toni Morrison era una enamorada de la cultura y la comunidad de la diáspora africana en Estados Unidos, también (y sobre todo) de los elementos que se forjaron a modo de reacción y defensa frente a la violencia deshumanizadora de la esclavitud, las humillaciones políticas de la reconstrucción tras la guerra de Secesión, la brutal segregación y el terrorismo de Estado de las leyes de Jim Crow, así como de los muchos éxitos obtenidos en el terreno de los derechos humanos y los numerosos desengaños neoliberales posteriores. Partiendo de toda esa historia, la autora creó una literatura, un estante de libros que, mientras se sigan leyendo, servirán para recordar a los Estados Unidos de América que la historia que cuentan sobre sí mismos siempre ha sido parcial y tendente al autoengaño. Y, llegados a este punto, muchos nos encontramos en un punto muerto, en un callejón sin salida. Si la raza es un constructo, ¿la identidad negra queda fulminada? Si la identidad blanca es una ilusión, ¿de qué otra cosa puede sentirse orgulloso un pobre sin expectativas? Creo que en esa coyuntura mucha gente acaba con la mente bloqueada. La de Morrison, no obstante, tenía más capacidad. Era capaz de diseccionar la diferencia entre la falta de vida de una categoría determinante y la riqueza de una experiencia vivida. Y el relato que nos ocupa encierra, a mi entender, algunas pistas. Ciertos indicios sobre formas alternativas de conceptualizar la diferencia sin borrarla ni codificarla. Valores cívicos sorprendentes, principios filosóficos originales. No solo clasificación y visibilidad, sino también intimidad e indulgencia:

> Y de repente nos comportábamos como dos hermanas que llevaban muchísimo tiempo separadas. Aquellos cuatro meses tan breves eran un periodo insignificante. Quizá fuera por el hecho en sí. Haber estado allí, juntas. Dos niñas pequeñas que sabían lo que no sabía nadie más en todo el mundo: que no había que hacer preguntas. Que había que creer en lo que había que creer. En esa reticencia había buenos modales y además generosidad. ¿Tu madre también está enferma? No. Es que le gusta pasarse la noche bailando. Ah. Y un asentimiento de comprensión.

El hecho de que la gente vive y muere en una historia concreta (dentro de códigos culturales, raciales y de clase muy arraigados) es una realidad que no puede negarse y que a menudo resulta hermosa. Es lo que crea la diferencia. Sin embargo, hay formas de enfrentarse a esa diferencia que son amplias y buscan comprender, en lugar de ser constreñidas y pretender diagnosticar. En vez de limitarnos a marcar casillas en un formulario médico, lo cual patologiza la diferencia, también podemos interesarnos por ella de un modo compasivo y discreto. No siempre hay que juzgarla ni categorizarla o criminalizarla. No hay que tomárselo como algo personal. También se puede aceptar su existencia sin más. O, como en el caso de Morrison, demostrar un profundo interés:

La dificultad estribaba en escribir algo indiscutiblemente negro. Todavía no sé muy bien en qué consiste eso, pero ni esa ignorancia ni los intentos de descalificar el empeño por descubrirlo me impiden perseverar en mi objetivo.

La lengua que elijo (hablada, oral, coloquial), la dependencia de códigos implantados en la cultura negra para lograr un entendimiento pleno y el intento de lograr de inmediato una conspiración conjunta y una intimidad (sin estructuras explicativas distanciadoras), así como el empeño en dar forma a un silencio al tiempo que se destruye pretenden transfigurar la complejidad y la riqueza de la cultura negra estadounidense para engendrar un lenguaje digno de esa cultura.*

Así se expresan al mismo tiempo la visibilidad y la discreción, la comunicación y el silencio, la intimidad y el encuentro. Al lector que solo vea en ese párrafo su propia exclusión podría convenirle hacer mentalmente el experimento que *Las dos amigas* lleva a cabo en la ficción: «Suprimir todos los códigos raciales de una narración sobre dos personajes de distinta raza para quienes la identidad racial resulta crucial». Para llevarlo a cabo en un contexto literario, voy a elegir como segun-

* Toni Morrison, prólogo a *The Bluest Eye*, Nueva York, Vintage Books, pp. xii-xiii. [Hay trad. cast.: *Ojos azules*, traducción de Jordi Gubern, Barcelona, Ediciones B, 1994; no incluye el prólogo].

do personaje a otro ganador del Premio Nobel, Seamus Heaney. Miro sus poemas. Me asomo al interior. Para comprender a fondo la obra de Heaney, tendría que estar completamente enclavada en los códigos culturales norirlandeses, y no lo estoy, del mismo modo que tampoco estoy completamente enclavada en la cultura afroamericana a partir de la cual y hacia la cual escribe Morrison. No soy la persona ideal para organizar una conspiración conjunta con ninguno de esos dos escritores. Tuve que recurrir a Google para descubrir qué eran los «polvos secantes Lady Esther» de *Las dos amigas*, y cuando Heaney habla de atesorar «bayas frescas en el establo» no me viene a la cabeza ninguna imagen.*
Como lectora de esos dos autores enclavados en sus respectivas comunidades, ambos profundamente interesados en ellas, no puedo ser más que una observadora entusiasta, siempre incluida de forma parcial (gracias a esa gran categoría común, la de ser humano), pero también que lo mira todo al mismo tiempo desde fuera, enriquecida por lo que me resulta nuevo o ajeno, sobre

---

* Por otro lado, hay momentos en los que parece que escritores situados en lados distintos de la oposición binaria cantan por un momento palabras diferentes en la misma nota, como en un recitativo. O como aquí, en el poema «Clearances» [Limpiezas], en el que Heaney describe cómo cambia de código para poder hablar con su propia madre:
Pronunciaba *no* y *sí* a su manera
y modestamente volvía a caer en errores
gramaticales que nos mantenían aliados, a raya.

todo cuando no se ha diluido ni se ha presentado falsamente para halagar mi ignorancia (esa temida «estructura explicativa»). En lugar de eso, ambos escritores me acompañan atentamente en la página, sin suplicar mi comprensión, pero abiertos siempre a la posibilidad de que exista, pues ningún escritor rompería el silencio si no pretendiera que alguien (un alguien siempre inescrutable) escuchara sus palabras. Estoy describiendo una relación lector-escritor modélica, pero, como se desprende de *Las dos amigas*, los mismos valores expresados aquí también podrían resultarnos útiles en nuestro papel de ciudadanos, aliados o amigos.

Para muchos, la raza es una marca determinante, simplemente un lado de un binarismo rígido. La identidad negra, según la concebía Morrison, era una historia común, una experiencia, una cultura, una lengua. Una complejidad, una riqueza. Considerar la identidad negra tan solo como el producto de un binarismo negativo dentro de una estructura racializada y discriminatoria, y considerar asimismo que ese binarismo es y será para siempre la categoría organizativa esencial, eterna y primordial de la vida humana, es el derecho de los pesimistas, pero la satisfacción de los activistas. Mientras tanto, hay trabajo por hacer. ¿Y qué sentido tiene todo ese trabajo si nuestra posición dentro de estructuras racializadas y discriminatorias es permanente, esencial, inmutable, igual de rígida que las leyes de la gravedad?

Por lo demás, las fuerzas del capital son pragmáticas: el capital no pierde el tiempo con esencialismos. Transforma a los seres insignificantes en significantes (y viceversa) en función de dónde se necesite mano de obra y del beneficio que pueda obtenerse. Los irlandeses pasaron a ser significantes cuando la servidumbre por contrato tuvo que diferenciarse formalmente de la esclavitud con el fin de justificar esta segunda categoría. En el Reino Unido, no decidimos que existía algo dentro de las mujeres (o un algo suficiente para que se nos permitiera votar) hasta principios del siglo XX. Las mujeres británicas pasamos de ser básicamente madres y esposas sumisas (cuya naturaleza esencial se consideraba doméstica) a ser nodos de un sistema cuya naturaleza esencial era trabajar, igual que los hombres, aunque se nos permitía sacarnos leche en el sótano de la oficina si de verdad lo necesitábamos... Sí, el capital es flexible, pragmático. Siempre está buscando nuevos mercados, nuevos puntos de vulnerabilidad económica, de explotación potencial: nuevas Maggies. Nuevos seres humanos cuya naturaleza esencial sea ser insignificantes. Aseguramos que somos conscientes de ello, aunque al mismo tiempo no recordamos a las muchas Maggies de nuestra vida como se merecen, o simplemente las descartamos. Hoy en día, Roberta (o Twyla) podría manifestarse por los derechos de las mujeres llevando una camiseta de cuatro dólares producto del trabajo forzoso de mujeres uigures del otro confín del mundo. Twyla (o Roberta) podría ir puerta por puerta para convencer a la gente de que se inscriba en el censo electoral y al mismo tiempo lucir unas largas uñas recién pintadas por una jovencita víctima del tráfico de personas. Roberta (o Twyla) podría practicar el «cuidado personal» yendo a la peluquería a ponerse extensiones de pelo de la cabeza de otra mujer más pobre. Muy por debajo del conflicto racial «blanco-negro» de Estados Unidos, sigue existiendo en todo el mundo una clase marginada de Maggies, conformada por los condenados de la tierra, que en las conversaciones del estadounidense medio estrecho de miras no se percibe ni se tiene en cuenta...

Poseemos unos códigos raciales «distintivos», pero ¿qué queremos decir exactamente con eso? En *Las dos amigas*, lo que caracteriza a Twyla y a Roberta como negra o como blanca es consecuencia de la historia, de la experiencia común, de lo que una historia común produce de forma inevitable: cultura, comunidad, identidad. Lo que les pertenece en exclusiva es su experiencia subjetiva de esas mismas categorías en las que han vivido. Algunas de esas vivencias habrán sido estimulantes, alegres y hermosas; muchas otras, discriminatorias, explotadoras y punitivas. Nadie puede arrebatarle a otra persona sus experiencias subjetivas. Nadie debería intentarlo. No podemos estar seguros de si la persona significante que ha vivido en la categoría de «persona blanca» es Twyla o Roberta, pero Morrison construye la historia de modo que nos vemos obligados a reconocer que hay otras categorías, dejando a un lado la racial, que también producen experiencias comunes. Categorías como «pobre», como «mujer», como «persona a merced del Estado o de la policía», como «habitante de un determinado barrio», «persona con hijos», «persona que odia a su madre», «persona que quiere lo mejor para su familia». Muy a menudo somos parecidos y distintos a mucha gente. La de los blancos podría ser la categoría con más poder de la jerarquía racial, pero desde luego a una niña de ocho años interna en un centro estatal con una madre delincuente y sin dinero no se lo parece. La de los negros podría ser la casta inferior del escalafón, pero quien se casa con un ejecutivo de IBM y tiene a dos personas de servicio y un chófer alcanza, como mínimo, una nueva posición con respecto a los miembros menos poderosos de su sociedad. Y viceversa. La vida es compleja, está dominada conceptualmente por oposiciones binarias que nunca llegan a contenerla por completo. Morrison es la gran maestra de la complejidad estadounidense y, en mi opinión, *Las dos amigas* merece un lugar al lado de *Bartleby, el escribiente* y «La lotería»: son los tres relatos perfectos (y perfectamente norteamericanos) que todo niño de Estados Unidos debería leer.

Para acabar, creo que lo que hay de esencialmente negro o blanco en Twyla y Roberta lo aportamos a *Las dos amigas* nosotros mismos, dentro de un sistema de signos en el que han trabajado de forma colectiva demasiados seres humanos desde hace ya centenares de años. Todo empezó con el sistema racializado de capitalismo que conocemos como «esclavitud»; se mantuvo legalmente mucho después de que terminara la esclavitud y sigue imponiéndose, a veces con efectos mortíferos, en sistemas sociales, económicos, educativos y judiciales de todo el mundo. Sin embargo, como categoría continúa siendo cierto que carece de una realidad objetiva: no es, como sí lo es la gravedad, un principio físico. Al eliminarlo del relato, Morrison deja al descubierto lo engañosa que es la diferenciación «negroblanco» en cuanto clasificación humana primordial, y también el efecto deshumanizador que ejerce en nuestra vida. No obstante, también demuestra con ternura hasta qué punto lográbamos (y seguimos logrando) encontrar significado en esas categorías tan queridas. La forma característica en que nuestra gente prepara tal plato o tal otro, la música característica con la que amenizamos una barbacoa o un entierro, nuestro modo característico de emplear nombres o adjetivos, o nuestra manera característica de andar, bailar, pintar o escribir son cosas a las que tenemos mucho apego. Y, en especial, tendemos a aferrarnos a ellas si los demás las denigran. Creemos que nos definen. Y esa forma de autoestima era, para Morrison, el camino de regreso a lo humano, el empeño con que uno se resiste a ser «insignificante» por mucho que las estructuras en las que ha vivido lo hayan clasificado así. La autora, descendiente directa de esclavos, escribe de un modo que reconoce en primer lugar, y ante todo, lo que hay de significante en los negros, teniendo en cuenta que el ser humano negro ha sido, históricamente, el ejemplo último del sujeto deshumanizado: el sujeto que el capital ha transformado, de un modo literal, en objeto. Y en ese proyecto de toda una vida se nos invita, como ha señalado el crítico Jesse McCarthy, a ver un fundamento para todos los movimientos en pro de la justicia social: «La batalla por dar sentido a la humanidad negra siempre ha sido central tanto en la narrativa como en los ensayos [de Toni Morrison], pero con el pensamiento puesto no solo en los negros, sino en promover lo que esperamos que pueda llegar a ser toda la humanidad».* Esperamos que toda la humanidad rechace el proyecto de deshumanización. Esperamos una literatura (¡y una sociedad!) que reconozca todo cuanto hay de significante en el mundo. Y eso a pesar de que en el juego de capitalismo racializado de Estados Unidos, en el que las ganancias de unos se equilibran con las pérdidas de otros, esa clase de humanismo se ha descartado por ser

---

* Jesse McCarthy, «The Origin of Others», en *Who Will Pay Reparations on My Soul?*, Nueva York, Liveright, 2021, p. 30.

una fórmula apolítica, ineficaz, una inanidad que puede repetirse, tal vez, en *Barrio Sésamo* («¡Nadie es insignificante!»), pero que se considera una base demasiado cándida e insuficiente para lograr un cambio radical.*

En este texto he hablado mucho de estructuras discriminatorias, pero de un modo vago, metafórico, como hace mucha gente hoy en día. En un discurso pronunciado en la Universidad de Howard en 1995, Morrison fue concreta. Analizó la cuestión con detenimiento, con su sistema científico. Se trata de un resumen muy útil que dan ganas de recortar y guardar para futuras consultas, puesto que, si tenemos la esperanza de desmantelar las estructuras opresoras, sin lugar a dudas nos servirá estudiar cómo se construyen:

* Un contraargumento convincente contra el discurso humanista radical es la idea de que el poder es sádico en sí mismo: no quiere hacer daño a los «insignificantes». Quiere torturar a alguien significante. Para el sádico, azotar a un hombre si no sabe que es un ser humano, igual que él, y capaz de sufrir, igual que él, carece de satisfacción. Al leer sobre capataces de plantación, jefes de gulag y vigilantes nazis, ¿qué estudiante de Historia puede dudar de la existencia de esa clase exacta de sadismo psicótico? Sin embargo, la pregunta no deja de ser con qué frecuencia se dan tales casos. Lo que sin duda sí se da con mucha frecuencia, en la población en general, es la complicidad, el silencio, el prejuicio y el deseo de que el sufrimiento de los demás no nos incomode. En tiempos de la plantación, el gulag o el campo de concentración, la reacción más habitual a sus horrores fue la indiferencia.

No debemos olvidar que, antes de que haya una solución final, tiene que haber una primera, una segunda e incluso una tercera. El proceso que lleva a una solución final no es un salto. Hace falta un paso, después otro y luego otro. Algo, tal vez, como esto:

1. Construir un enemigo interno que sirva para focalizar la atención y de distracción.

2. Aislar y demonizar a ese enemigo lanzando y defendiendo el empleo de insultos e improperios explícitos o velados. Utilizar ataques personales a modo de acusaciones legítimas contra dicho enemigo.

3. Buscar y crear fuentes y distribuidores de información dispuestos a reafirmar el proceso demonizador porque resulta rentable, otorga poder y funciona.

4. Contener toda expresión artística; controlar, desacreditar o expulsar a quienes cuestionen o desestabilicen los procesos de demonización y deificación.

5. Minar y difamar a todos los representantes o simpatizantes del enemigo creado.

6. Reclutar entre el enemigo a colaboradores que aprueben el proceso de desposeimiento y puedan hacerle un lavado de cara.

7. Conferir un carácter patológico al enemigo en ambientes académicos y medios de masas; por ejemplo, reciclar el racismo científico y los mitos de la superioridad racial con el objetivo de dar carta de naturaleza a esa patología.

8. Criminalizar al enemigo. A continuación, preparar, presupuestar y racionalizar la construcción de espacios de confinamiento para el enemigo, en especial los hombres y a toda costa los niños.

9. Premiar la simpleza y la apatía con espectáculos monumentalizados y con pequeños placeres, breves seducciones: unos cuantos minutos en la televisión, unas pocas líneas en la prensa; cierto seudoéxito; la ilusión de poder e influencia; un poco de diversión, un poco de estilo, un poco de trascendencia.

10. Mantener el silencio a toda costa.*

Podemos hallar elementos de ese manual de estrategia fascista en el encuentro europeo con África, entre Occidente y Oriente, entre los ricos y los pobres, entre los alemanes y los judíos, los hutus y los tutsis, los británicos y los irlandeses, los serbios y los croatas. Es una de nuestras posibilidades humanas constantes. El racismo es un tipo de fascismo, tal vez el más pernicioso y perdurable. Pero no deja de ser una estructura creada por la mano del hombre. La capacidad de engendrar fascismo de una clase u otra es otra cosa que compartimos todos; podría decirse que es nuestra identidad colectiva más deprimente. (Y, si

* Toni Morrison, «Racism and Fascism», en *The Source of Self-Regard*, Nueva York, Vintage Books, 2020, pp. 14-15. [Hay trad. cast.: «El racismo y el fascismo», en *La fuente de la autoestima*, traducción de Carlos Mayor, Barcelona, Lumen, 2020, pp. 29-30].

en estos momentos estamos comprometidos en intentar que las cosas cambien, podría valer la pena —a modo de zafarrancho ético— repasar la lista de Toni y asegurarnos de que no empleamos ninguno de los puntos del manual del fascismo en nuestro trabajo). El fascismo se afana en crear la categoría del «insignificante», el chivo expiatorio, la víctima. Morrison la rechazaba, puesto que durante siglos se ha aplicado a los negros y con ello ha reforzado otra categoría, la del «significante», a ojos de todos, seamos negros o blancos. Discriminar a quien nos ha discriminado, a la inversa, no es ninguna liberación, por muy catártico que pueda parecer.* La liberación es la

---

* No parece que Morrison se interesara mucho por las inversiones jerárquicas. He aquí una opinión sorprendente sobre el término «feminista» extraída de una entrevista de 1998 publicada en *Salon*:

> Jamás escribiría nada que fuera «-ista». No escribo novelas «-istas». [...] No puedo adoptar posturas cerradas. Todo lo que he hecho, en el terreno de la literatura, se ha encaminado a ampliar la expresión, y no a cerrarla, a abrir puertas, y a veces, ni siquiera cerrar el libro, dejando el final abierto a la reinterpretación, la revisión, un poco de ambigüedad. Detesto y aborrezco [esas categorías]. Creo que eso repele a algunos lectores que podrían creer que me dedico a escribir una especie de panfleto feminista. No apruebo el patriarcado ni creo que deba sustituirse por el matriarcado. Creo que lo que hay que hacer es ofrecer igualdad de oportunidades y abrir puertas a toda clase de cosas.

liberación: reconocer a alguien significante en todo el mundo.*

A pesar de todo, como a la mayor parte de los lectores de *Las dos amigas*, me resultó imposible reprimir el deseo de descubrir quién era la otra, si Twyla o Roberta. Ah, qué ganas tenía de desenmarañar el asunto. Anhelaba empatizar efusivamente y con seguridad, por un lado, y mostrar frialdad, por el otro. Apreciar a la significante y rechazar a la insignificante. Pero eso es precisamente lo que Morrison había decidido impedirme de forma deliberada y metódica. Vale la pena preguntarnos por qué. *Las dos amigas* me recuerda que ser pobre, estar oprimido, ser inferior, estar explotado o ser arrinconado no es en esencia cosa de negros ni de blancos. La respuesta a la pregunta «¿Qué demo-

* En un texto introductorio a una nueva edición de *Ojos azules* publicada en 1998, Morrison sostiene precisamente eso al explicar por qué se resistió a deshumanizar a los personajes que habían deshumanizado a Pecola Breedlove: «Por muy singular que fuera la vida de Pecola, me parecía que algunos aspectos de su fragilidad estaban enclavados en todas las niñas. Al explorar la agresión social y doméstica que podría provocar que una criatura simple y llanamente se desmoronara, reuní toda una serie de rechazos, algunos rutinarios, algunos excepcionales, algunos monstruosos, mientras me esforzaba a toda costa por *evitar la complicidad en el proceso de demonización al que se sometía a Pecola; esto es, no quería deshumanizar a los personajes que habían destrozado a Pecola y habían contribuido a su hundimiento*». [Las cursivas son mías].

nios le pasó a Maggie?» no dependía del destino, de la sangre ni de los genes, no era algo predestinado por la historia. Fuera lo que fuera lo que le hicieron a Maggie, se lo hizo alguien. Alguien como Twyla y Roberta. Alguien como usted y yo.

Este libro
terminó de imprimirse
en Madrid
en junio de 2023